La pharmacie des Ballons bleus

ARC-EN-POCHE

Collection dirigée par Isabelle Jan

Collection Arc-en-Poche

Jean-François Bladé
10 CONTES DE LOUPS
Illustrations de Carlo Wieland

Jean-François Bladé
LES TROIS POMMES D'ORANGE
Illustrations de Carlo Wieland

Sid Fleischman
INCROYABLES AVENTURES DE MISTER MAC MIFFIC
Illustrations de J.-M. Barthélemy

Sid Fleischman
LE RETOUR DE MISTER MAC MIFFIC
Illustrations de J.-M. Barthélemy

Michael Bond
CHARLOTTE PARLOTTE
Illustrations de Hans Helweg

Michael Bond
UN AMOUR DE CHARLOTTE
Illustrations de Hans Helweg

Anne-Marie Chapouton
JANUS LE CHAT DES BOIS
Illustrations d'Alain Trébern

Claude Morand
PHIL ET LE CROCODILE
Illustrations de J.-M. Barthélemy

Catherine Storr
ROBIN
Illustrations de J.-M. Barthélemy

Christianna Brand
CHÈRE MATHILDA
Illustrations de Edward Ardizzone

Italo Calvino
ROMARINE
Illustrations de Morgan

Hilda Perera
BRAVES PETITS ANES
Illustrations de Carlo Wieland

René Escudié
SANARIN
Illustrations de Patrice Douenat

Randall Jarrell
LE LAPIN DE PAIN D'ÉPICE
Illustrations de Gart Williams

Fernando Alonso
LE PETIT HOMME EN GRIS
Illustrations de Ulises Wensell

Madeleine Ley
LA NUIT DE LA St SYLVAIN
Illustrations de Carlo Wieland

Gérard Hubert-Richou
LE CHAPEAU MELON AUX MILLE REFLETS
Illustrations de Carlo Wieland

Christina Andersson
BARBATONNERRE
Illustrations de Morgan

René Escudié
GRAND-LOUP-SAUVAGE
Illustrations de Patrice Douenat

Jacques Charpentreau
LA FAMILLE CRIE-TOUJOURS
Illustrations de Patrice Douenat

(suite page 96)

L'édition originale de ce livre
a paru sous le titre:

APTIEKA "GOLOUBEIE CHARE"

VENIAMINE KAVERINE

La pharmacie des Ballons bleus

Traduction
de Cécile Loeb

Illustrations
de Henriette Munière

Fernand Nathan

Le pharmacien guérisseur
Zania Zabotkine
La bonne jument
PIETIA
Le savantissime jardinier
« Et celui-ci cherchez son nom » ?

1

Tania se rend à la pharmacie des Ballons bleus et reçoit en cadeau une boîte sur laquelle est dessiné un oiseau

La secrétaire des Trois cents espaces verts se tenait près de la fenêtre, lorsque tout à coup — dzinn ! — un anneau d'or cassa la vitre et roula sous le lit. C'était un anneau qu'elle avait perdu, ou qu'elle croyait avoir perdu, vingt ans auparavant, le jour de ses noces.

Le dentiste du théâtre des Poupées eut soif pendant la nuit. Il se leva et découvrit dans la carafe toutes les dents en or qui avaient disparu de son cabinet.

Le directeur du magasin de peignoirs de bain rentra de vacances et trouva sur sa table les lunettes en or qu'on lui avait volées quand il n'était pas encore directeur du magasin de peignoirs de bain. Elles étaient posées, étincelantes, à leur ancienne place, entre le cendrier et le coupe-papier.

Pendant deux bonnes journées, toute la ville ne

parla que de ce mystère. A chaque coin de rue, on pouvait entendre :

« Une soucoupe en argent ?...

— Alors, ils ne rendent pas seulement les objets en or, mais aussi l'argenterie ?

— Mais oui ! Et même les cuivres quand ils étaient bien astiqués.

— C'est stupéfiant !

— Vraiment stupéfiant ! Et dans la boîte même où ils étaient au moment de leur disparition !

— Balivernes ! Voyez-vous des humains restituer de plein gré des objets précieux ?

— Qui donc, alors ?

— Les oiseaux ! Le professeur Pénotchkine affirme que ce sont des oiseaux, mais pas des choucas, comme le démontre le professeur Mamliouguine, des pies, ou plus exactement des pies voleuses comme on les appelle... »

Cette histoire avait commencé un soir où Tania Zabotkine, assise sur ses talons près de la porte, écoutait la conversation entre sa mère et le docteur Miatchik. Son père avait le cœur malade, cela, elle le savait déjà. Mais elle ne savait pas que seul un miracle pouvait le sauver. C'est ce qu'avait déclaré le meilleur-docteur-de-la-ville, et son diagnostic ne pouvait être mis en doute car il était le meilleur docteur de la ville et ne se trompait jamais — c'est du moins ce qu'assuraient ses clients.

« Cependant, dit le docteur Miatchik, à votre place, j'essaierais de faire un saut à la pharmacie des Ballons bleus. »

Le docteur était vieux et portait de grandes

lunettes vertes ; il avait une verrue sur son gros nez, et il la touchait souvent en disant : « Vilaine habitude ! »

« Hélas ! docteur ! s'exclama douloureusement la mère.

— Faites comme vous voulez. A tout hasard, voici une ordonnance. La pharmacie est dans la Cinquième Rue de la butte aux Ours. »

Et il s'en alla, après avoir touché tristement sa verrue devant la glace de l'entrée.

Papa s'était endormi depuis longtemps et maman aussi. Tania réfléchissait, réfléchissait : « Qu'est-ce que cette pharmacie des Ballons bleus ? »

Quand tout fut silencieux dans la maison, au point que l'on pouvait entendre le chat se gratter derrière l'oreille, Tania prit l'ordonnance et se rendit à la pharmacie des Ballons bleus.

C'était la première fois qu'elle se trouvait dans la rue, en pleine nuit. Il faisait sombre, enfin, un peu sombre. Il fallait traverser toute la ville, voilà qui était effrayant, enfin, un peu effrayant. Tania avait toujours le sentiment que ce qui est très difficile n'est pas aussi difficile si l'on dit que c'est « un peu difficile. »

Et elle arriva à la Cinquième Rue de la butte aux Ours. La pluie venait de s'arrêter ; les grandes portes des maisons brillaient comme si elles avaient été dessinées sur du papier glacé noir. L'une d'elle, ouverte à deux battants, avait l'air de dire : « Entrez, s'il vous plaît, nous verrons après. » Et justement, au-dessus de cette porte, derrière les fenêtres, brillaient de grands globes bleus. Sur l'un d'eux était écrit :

"*Bienvenue*" et sur l'autre : "*dans notre pharmacie*".

Un petit homme chauve au long nez, vêtu d'une veste verte et râpée, se tenait derrière le comptoir.

« Le pharmacien, pensa Tania.

— Non, le pharmacien-guérisseur, corrigea vivement le petit homme.

— Excusez-moi. Est-ce que je peux vous commander un médicament ?

— Non, vous ne pouvez pas.

— Pourquoi ?

— Parce que c'est le Premier Conseiller en herbes médicinales qui s'occupe des miracles jusqu'au 1er juin. S'il l'autorise, je préparerai ce médicament. »

Il s'en alla et Tania resta seule.

Quelle étrange pharmacie ! Il y avait des bouteilles sur les étagères, des grandes, des petites, et des minuscules qui pouvaient à peine contenir une larme. Des écureuils en porcelaine, accroupis sur leurs pattes de derrière, se tenaient cois entre les bouteilles. C'étaient aussi des bouteilles, mais pour les remèdes les plus rares. Sur le verre dépoli qui longeait le comptoir, une inscription s'allumait et s'éteignait : "*Anticonforme*".

Pendant que Tania réfléchissait à la signification de ce mot bizarre, la porte s'ouvrit et un gros garçon entra en jetant autour de lui des regards craintifs. C'était Piétia, celui-là même qu'elle avait rencontré dans le camp de pionniers l'année passée. Mais Piétia était difficile à reconnaître, voilà le problème ! Le col de sa veste était relevé et sa casquette, enfoncée jusqu'aux oreilles.

« Bonjour, Piétia. Quel bonheur de te rencontrer !

Maintenant, j'aurai moins peur de rentrer à la maison.

— Si vous avez peur, répondit Piétia, vous pouvez acheter des pastilles contre la peur. Je n'en ai pas besoin, quant à moi, car je n'ai peur de rien. De plus, je ne suis pas du tout Piétia. »

Bien sûr, c'était Piétia ! Bien sûr, il était venu acheter des pastilles contre la peur ! Mais il avait honte en voyant Tania et il faisait semblant de ne pas être Piétia.

« Ah, quel gamin stupide... », commença Tania, mais à cet instant le pharmacien-guérisseur reparut.

« Le conseiller ne m'a pas donné l'autorisation, dit-il sur le seuil de la porte. Il est de très mauvaise humeur aujourd'hui.

— S'il vous plaît, rendez-moi l'ordonnance, demanda Tania. Où habite-t-il ? Le meilleur-docteur-de-la-ville a dit que seul un miracle peut sauver mon papa.

— Je t'en prie, tais-toi, dit le pharmacien-guérisseur en fronçant douloureusement les sourcils. J'ai le cœur malade, tu me fais de la peine, c'est très mauvais pour ma santé. Il faut penser à soi-même à la fin des fins. Prends l'ordonnance. Il habite 3, rue de la Chèvre. »

L'immeuble était ordinaire, pas ravalé depuis longtemps, triste. Enveloppée dans un châle troué, la dame de l'ascenseur était assise dans l'entrée. Elle ressemblait à la sorcière Baba Yaga. Ce n'était pas Baba Yaga, bien sûr, mais la plus ordinaire des vieilles mémés, enveloppée dans un châle troué.

« Neuvième étage », dit-elle avec humeur.

Tania n'eut pas le temps de dire ouf. Déjà l'ascenseur s'élançait et s'arrêtait devant une porte sur laquelle était écrit : "*Premier Conseiller*". Tania appuya sur un bouton et une voix d'enfant demanda :

« Qui est là ?

— Excusez-moi, s'il vous plaît, est-ce que je pourrais voir le... »

La porte s'ouvrit. Une petite fille rondelette se tenait dans l'entrée.

« Tu veux vraiment le voir ?

— Bien sûr.

— Ne t'étonne pas de ma question. C'est que je ne crois personne. Mon papa dit qu'il ne faut croire personne, mais il faut quand même que je croie mon papa. A propos, dis-moi, tu manges cinq fois par jour ?

— Non.

— Moi, oui, dit en soupirant la petite fille. Mon père, tu vois, s'inquiète pour ma santé. « Mange, mange ! » Et il se moque de moi quand je dis que c'est indécent qu'une petite fille n'ait pas un soupçon de taille. Allons, je vais t'accompagner. Comment t'appelles-tu ?

— Tania.

— Ne lui dis pas que je me suis plainte.

— Allons, voyons ! »

... C'était un homme de haute taille, maigre, aux yeux noirs ; il paraissait âgé d'une quarantaine d'années. Il jetait des regards inquiets, et sa narine gauche se gonflait régulièrement de façon désagréable. Mais les grandes personnes ont, elles aussi, n'est-ce pas, de mauvaises habitudes ! Le bon docteur Miatchik, par exemple, touchait sa verrue sur son gros nez. En revanche, le Premier Conseiller souriait. Oui, oui ! Et son sourire eût été bienveillant s'il n'avait pas eu la mauvaise habitude de frotter ses longues mains blanches en rentrant sa petite tête noire dans ses épaules.

« Qu'est-ce que je vois ? dit-il quand les fillettes entrèrent dans son cabinet. Ma fille ne dort pas encore ? La voilà même qui m'amène une copine !

— Ne fais pas semblant, papa ! Tu sais très bien que je n'ai pas de copines. C'est toi que cette petite fille est venue voir ! Elle s'appelle Tania.

— Bonjour Monsieur. Excusez-moi. Je suis envoyée par le pharmacien de la pharmacie des Ballons bleus. Ayez la bonté de l'autoriser à préparer ce médicament. »

Pourquoi les yeux du Premier Conseiller se mirent-ils à briller de la sorte ? Pourquoi fit-il une moue si effrayante, en mettant ses lèvres en forme de sifflet ?

« Mon Dieu ! s'écria-t-il. Votre père est malade ! Quel malheur !

— Vous le connaissez ?

— Bien sûr ! Je le connais très bien. Il y a plusieurs années, nous avons habité l'un à côté de l'autre dans la même maison. Nous allions nous baigner tous les jours et nous adorions plonger. J'aimerais bien savoir s'il se souvient de moi ? C'est peu probable.

— Il se souvient certainement de vous, dit Tania. A propos, il plonge encore très bien.

— Ah bon ? » Le Premier Conseiller porta la main à son cœur. « Lora, ma chérie, prépare-moi un bain froid. Je crains d'avoir du mal à dormir. »

Lora ne semblait pas vouloir quitter la pièce, bien que la demande de son père n'eût rien d'extraordinaire à première vue.

« Attends-moi, d'accord ? chuchota-t-elle à Tania avant de sortir.

— Dites-moi, Tania, le docteur Miatchik vous a-t-il prévenue que vous deviez prendre du médicament vous-même, avant d'en donner à votre père.

— Moi d'abord ?

— Oui. Mais si vous ne voulez pas, je n'insiste pas ! Le médicament est prêt. Je l'ai ici, sur ma table. »

Et il tendit à Tania une petite boîte sur laquelle était dessiné un oiseau.

Tania prit la petite boîte, remercia et sortit. Elle l'ouvrit dans le couloir. Elle contenait une pilule tout à fait ordinaire, mignonne même. Elle la mit dans sa bouche et l'avala.

On ne saurait dire si elle se transforma aussitôt en pie ou si elle entendit d'abord Lora, qui s'était élancée hors de la salle de bains, lui crier avec épouvante :

« N'avale pas ! »

2

Piétia prend des pastilles contre la peur et devient courageux

Qu'a fait Piétia quand Tania a quitté la pharmacie des Ballons bleus ? Il s'est empressé d'acheter des pastilles contre la peur et il a couru derrière elle. Il avait honte, lui, un homme, d'avoir grossièrement refusé d'accompagner la fillette.

La rue de la Chèvre était sombre, il ne connaissait pas le quartier. Il ne put rattraper Tania car il s'arrêtait à chaque pas pour mettre la main à la poche où se trouvaient les pastilles.

La maison du 3 brillait sous la lune d'une lumière inquiétante. Un chat maigre à tête de brigand était assis sur une borne. La dame de l'ascenseur jeta un coup d'œil par la porte d'entrée. Elle ressemblait à Baba Yaga. A cet instant, une espèce d'oiseau s'envola d'une fenêtre et se mit à tourner autour de Piétia si bas qu'il l'effleura presque de sa longue queue fendue. Ç'en était trop pour Piétia ! D'une main tremblante, il sortit les pastilles de sa poche et en avala une, puis, pour plus de sûreté, une seconde. Miracle ! Tout changea subitement autour de lui. La maison du 3 lui parut un immeuble ventru tout à fait ordinaire. Il dit « pschtt ! » au chat. Il se débarrassa de l'oiseau d'un geste de la main et lui montra même le poing.

Bien sûr, il ne savait pas que l'oiseau avait envie de crier : « Attends-moi, je suis Tania ! » Mais hélas, la petite fille ne pouvait que jacasser comme une pie !

« Alors, mémé, comment ça va, les affaires ? dit-il à la dame de l'ascenseur.

— Ne cours pas, rien ne presse, dit-elle. Asseyons-nous, causons. »

Si Piétia n'avait pris qu'une seule pastille, il aurait peut-être attendu Tania dans l'entrée. Mais il en avait pris deux, comme vous le savez, et deux ce n'est pas du tout pareil qu'une seule.

« Je n'ai pas le temps de bavarder avec toi, mémé, répondit-il à la dame de l'ascenseur. Allons, fais monter ta machine ! » Et il se retrouva au neuvième étage en un clin d'œil. « Voilà ce qu'il me faut », dit-il en regardant la plaque de cuivre, et, avec les mains et avec les pieds, il tambourina à la porte.

Tous les gens se fâchent quand ils sont réveillés et surtout ceux qui s'endorment difficilement. Le Premier Conseiller se fâcha donc. Mais plus il était fâché, plus il devenait poli. C'était sa nature, une nature dangereuse, pensaient ses camarades de bureau. Il sortit à la rencontre de Piétia en souriant aimablement. On aurait pu penser qu'il désirait depuis longtemps que ce gros garçon vienne le réveiller en tambourinant à sa porte.

« De quoi s'agit-il, mon ami ?

— Bonjour, mon vieux ! dit Piétia avec insolence. Une fille est venue te voir, dis-lui que je l'attends. »

Le conseiller le regarda d'un air songeur.

« Viens par ici, mon ami », dit-il avec douceur, et il fit entrer Piétia dans son cabinet.

« Bonjour, papa, dit le conseiller au vieux merle à l'air renfrogné, enfermé dans sa cage dorée.

— Chnerr chtiks trenk disk ! » répondit le merle méchamment.

Dans le cabinet, il y avait beaucoup de livres : vingt-quatre œuvres complètes des plus grands écrivains du monde. Sur leurs étagères les livres bien reliés avaient un air de reproche : les livres se fâchent quand on ne les lit pas.

« Aimes-tu lire, mon ami ? »

Bien sûr, Piétia aimait lire. Pas seulement lire, mais raconter aussi. Le Premier Conseiller avait de la chance, il cherchait depuis longtemps quelqu'un qui lirait toutes les œuvres complètes et les lui raconterait ensuite dans une version abrégée. Il installa Piétia dans un fauteuil confortable et lui fourra entre les mains *les Trois Mousquetaires*. Piétia lut une page, puis une deuxième et oublia tout le reste.

3

Tania fait la connaissance d'une vieille jument, qui encore récemment était une petite fille

La pie est un oiseau nerveux qui ne vit pas dans les villes. Mais Tania n'avait pas envie de quitter sa ville natale. Elle n'avait pas perdu l'espoir de redevenir une petite fille coiffée d'une natte tressée avec un ruban bleu qui lui entourait gracieusement la tête. Mais essayez de reconnaître une petite fille dans un oiseau qui vole vers un arbre et se pose sur une branche en balançant sa longue queue noire et fendue ! Bien entendu, le premier garçon qui aperçut Tania sur la butte aux Ours lui lança une pierre en criant :

« Regardez, les potes ! une pie ! »

Dans le jardin des Bouleaux, les choucas se jetèrent sur elle et, dans le parc zoologique, un hippopotame faillit l'avaler, parce qu'elle s'était assise sur sa tête qui émergeait de l'eau et que, par manque d'expérience, elle l'avait prise pour une pierre.

Vers le soir, fatiguée et affamée, Tania s'envola vers le champ de courses. Là, les chevaux vivaient dans des écuries tellement magnifiques et tellement spacieuses que Tania regretta de tout cœur de n'avoir pas été transformée en cheval. Parmi eux se trouvaient des chevaux orgueilleux qui venaient de participer à des courses et qui, de ce fait entretenaient entre eux des rapports déplorables ; d'autres, jeunes, pleins d'espoir, levaient leur tête aux yeux fiers et brillants. Mais Tania vola vers le box de la bonne-vieille-jument, celle qui traîne le tonneau d'eau et qui ne reçoit que des coups. Tania soupira. Un profond et long soupir lui répondit.

« Alors fillette, nous sommes dans de beaux draps ? lui dit la jument.

— Comment savez-vous que je suis une fille ?

— Tu m'aurais reconnue aussi, sans ma queue. Hélas, bien du temps s'est écoulé depuis que je vivais avec papa et maman au n° 7 de la Huitième Rue ! On m'appelait Ninotchka et maintenant, Appétit ! Quel nom ridicule ! J'aimais beaucoup lire, surtout des contes. J'avais des nœuds bleus dans ma crinière, je veux dire dans mes nattes. Tous les matins, je me lavais les dents et tous les soirs je me lavais les sabots, je veux dire les pieds, dans de l'eau chaude. Je commençais à hennir un peu d'anglais. Quel âge as-tu ?

— Douze ans.

— J'avais quinze ans. Pour un cheval, c'est beaucoup. Voilà pourquoi je suis vraiment une vieille jument. J'ai mal aux os, ma vie est difficile, les autres chevaux se moquent de moi quand je dis que j'ai besoin de lunettes. Je me tords les mains continuellement, je veux dire les pattes, à la seule idée que je ne verrai plus jamais ma petite écurie confortable, au nº 7 de la Huitième...

— Vous vous êtes de nouveau embrouillée, jument, dit Tania. Vous voulez dire votre petite chambre confortable, n'est-ce pas ? »

4

Le Grand Envieux

Je n'ai pas envie que la vieille jument vous raconte cette histoire. Vous avez sûrement remarqué qu'elle s'embrouille tout le temps. Une fois, elle dit qu'elle avait donné des ruades quand sa mère avait voulu la persuader de prendre du bicarbonate. Une autre fois, elle répète : «j'ai henni, j'ai henni... » et l'on ne sait jamais si elle a ri très fort ou véritablement henni. En un mot, je vais vous raconter moi-même le Grand Envieux, cela vaudra mieux pour moi et pour vous.

Cela avait commencé longtemps auparavant, quand Piétia et Tania n'étaient pas nés et qu'il y avait d'autres garçons et d'autres filles, des gentils et des méchants.

Deux garçons vivaient dans la même maison. L'un avait une petite tête noire et lisse qu'il aimait rentrer dans les épaules, et l'autre une tête rousse avec un toupet sur le front. Tous les jours, ils se baignaient dans la rivière. Quand ils se baignaient, ils plongeaient. Voilà pourquoi le Premier Conseiller avait demandé à Tania si son papa se rappelait comme tous deux aimaient plonger.

Un jour, ils avaient fait un pari, c'était à celui qui tiendrait le plus longtemps sous l'eau. Ils aspirèrent profondément. « Un, deux, trois, comptaient-ils, quatre, cinq, six. » Les battements de cœur allaient en ralentissant. « Sept, huit, neuf. » Ils n'en pouvaient plus. Ouf ! Et ils firent surface. La petite tête lisse et noire apparut la première et la rousse, ensuite, avec son toupet mouillé. Le garçon brun avait perdu le pari.

Puis, ils grandirent, et tout ce qui plaisait à l'un déplaisait à l'autre. Le rouquin aimait faire de la montagne. A la fin, il grimpa si haut que les aigles lui apportèrent une médaille d'or. Alors que le garçon brun pâlissait de terreur en descendant les escaliers.

Le premier ne pensait jamais à lui. Il pensait à ceux qu'il aimait et cela lui semblait tout simple. Le deuxième ne pensait qu'à lui-même. Quelquefois, il avait envie d'essayer de penser aux autres, ne serait-ce qu'un jour, ne serait-ce qu'une heure. Mais il avait beau s'y efforcer, il n'y arrivait pas.

Le rouquin devint artiste et il se révéla capable d'accomplir des miracles. En tout cas, c'est ce que disaient les gens qui regardaient ses tableaux. Le garçon à la tête noire s'était lui aussi mis à faire des miracles. Il transformait les gens en oiseaux ou en chevaux. Mais à quoi cela pouvait-il servir ? La nuit, il pensait avec humeur : « Qui a besoin de mes miracles ? » Il se morfondait de dépit. Les envieux se morfondent toujours et sont toujours dépités.

Il se tordait les mains quand il voyait les pêcheurs assis tranquillement au bord de l'eau. Il avait mal au cœur quand il regardait les garçons et les filles qui, bras écartés, tombaient dans l'eau comme des hirondelles. Il enviait tous ceux qui étaient plus jeunes que lui. Il n'avait pas d'amis, il n'aimait personne, sauf sa fille. Son père avait été ministre de la cour et des écuries et ne s'était jamais consolé d'avoir perdu ce poste. Le vieillard n'était pas sorti de la maison depuis quarante ans. Il grommelait tout le temps et, pour se reposer, le Grand Envieux le transformait périodiquement en vieux merle et l'enfermait dans une cage dorée.

« Bonjour, papa », lui disait-il, et le merle répondait : « Chnerr chtiks trenk disk. »

Il serait injuste de dire que le Grand Envieux n'essayait pas de se soigner de son envie. Tous les dimanches, le pharmacien-guérisseur lui apportait des gouttes. Mais elles ne servaient à rien !

Quelquefois, il avait peur que l'envie disparaisse, car il n'avait rien d'autre dans le cœur, si ce n'est l'ennui. Mais on meurt vite d'ennui. D'autres fois, il cherchait à se consoler : « Tu voulais être grand, tu l'es devenu, se disait-il. Personne n'est plus envieux que toi. Tu es le Grand Envieux. Tu es le plus-grand-homme-qui-ne-souhaite-aucun-bien-à-personne. » Mais plus il pensait à lui, plus il se rappelait ce clair jour d'été, où deux petits garçons étaient assis sous l'eau et comptaient : « Un, deux, trois... » C'est ce jour-là, ce jour où il avait perdu son pari, que l'envie s'était installée pour la première fois dans son cœur.

5

Tania retourne à la pharmacie des Ballons bleus

« En ce qui me concerne, il y a longtemps que je suis devenue fataliste, dit la vieille jument. Mais tu dois espérer, Tania. Le principal, c'est de ne pas t'habituer à l'idée que tu es une pie. Ne sois pas fière de ta longue queue fendue ! Ne jacasse pas ! Les petites filles s'habituent vite à être pie, d'autant plus qu'en général, elles aiment jacasser, comme chacun sait. Si tu vois des lunettes dorées ou un anneau dor, ferme vite les yeux, parce que les pies volent tout ce qui brille. Et surtout, essaie quand même de commander le médicamment à la pharmacie des Ballons bleus.

— Merci, bonne-vieille-jument. Puis-je vous appeler Ninotchka ?

— Ça non, mon amie. » La jument soupira bruyamment. « C'est dépassé ! Il est vrai qu'en tant que petite fille j'étais jeune encore, mais, comme cheval, je suis une personne âgée et expérimentée.

— L'ordonnance est restée chez le Grand Envieux, dit Tania en s'appliquant à ne pas jacasser.

— Toi alors ! Mais ce n'est pas grave. Je connais le pharmacien-guérisseur. Il t'aidera. »

Tania passa la nuit dans l'écurie et, le lendemain matin, s'envola vers la pharmacie des Ballons bleus. Oui, la jument avait raison ! Le pharmacien-guérisseur devina au premier coup d'œil ce qui était arrivé à Tania.

« Tu ne vas pas me dire que cette ordure t'a transformée en pie ! s'écria-t-il d'une voix aiguë. Ne me torturez pas, j'ai le cœur malade. Laissez-moi mourir tranquille ! »

Mais, apparemment, il n'avait pas envie de mourir tout de suite, car il prit une bouteille sur l'étagère et but une rasade, puis une seconde.

« Poison ! » dit-il avec délice.

C'était du cognac, dont il aimait dire : « C'est du poison pour moi. »

« Terrible, terrible ! reprit-il. Et le plus triste, c'est que je ne peux rien faire pour toi, absolument rien. Pas de protestations ! s'écria-t-il si fort que, de terreur, les écureuils en porcelaine vacillèrent sur leurs pattes. Premièrement, je n'ai plus que six mois à tirer avant ma retraite. Deuxièmement, tu es la fille de ton père, et c'est justement lui que cette ordure envie le plus. Pensez-donc ! S'il était resté sous l'eau une seconde de plus que ton père, ils seraient ressortis amis ! Tout ce que je peux faire, c'est te prendre sur mon épaule et aller chez les malades. J'ai quatre visites à faire aujourd'hui. »

... De la rue de la Chèvre à la rue du Berceau, de la

rue du Berceau à la rue de la Cuillère à Soupe, de la rue de la Cuillère à Soupe à la Huitième Rue, le petit pharmacien-guérisseur, en veston râpé et en calotte crânement tirée sur l'oreille, effectua sa tournée, et la pie se tenait sur son épaule en essayant de ne pas jacasser comme une pie. Quelqu'un avait été mis en boîte ; la voisine d'un autre lui avait volé dans les plumes, l'estomac du troisième lui était descendu dans les talons, allez donc le remonter ! Chaque fois qu'il quittait un malade, le pharmacien disait à la pie : « Je n'ai encore rien trouvé. » Cela voulait dire qu'il n'avait pas encore trouvé comment l'aider. Enfin, après avoir quitté un simple d'esprit qui avait beaucoup souffert pour avoir fourré son nez dans les affaires des autres, il s'écria gaiement :

« Ça y est ! »

Mais avant de raconter à Tania ce qu'il avait inventé, le pharmacien-guérisseur retourna chez lui, enleva sa calotte et son veston vert, but un verre de cognac et dit avec délice :

« Poison !... Le Grand Envieux aurait depuis longtemps crevé d'envie, Tania. Mais il a une ceinture, dont il ceint de temps à autre son gros ventre. Par exemple, quand tu lui as dit que ton père plongeait encore magnifiquement, je suis certain que le Grand Envieux se serait gonflé comme un ballon s'il avait oublié de mettre sa ceinture. Il faut lui voler cette ceinture, un point c'est tout.

— La voler ?

— Oui, nous allons faire cela, dit solennellement le pharmacien-guérisseur. Je te garantis qu'il éclatera comme une bulle de savon. Et sais-tu ce qui se passera s'il éclate ? Tu redeviendras une petite fille, Tania. Je vais préparer le médicament d'après l'ordonnance du docteur Miatchik, et ton père sera sauvé, parce que seul un miracle peut le sauver. Et la bonne-vieille-jument retournera chez ses parents et portera à nouveau des rubans bleus, pas dans sa crinière, mais dans ses nattes. »

6

Le Grand Envieux parle de lui-même

Cependant, Piétia lisait, lisait... Quand on l'appelait, il faisait simplement : « Mm ?... » et lisait à nouveau, ligne après ligne, page après page. Il lut une œuvre complète et s'attaqua à une autre. On pouvait espérer qu'il serait bientôt en mesure de raconter, en résumé du moins, au Grand Envieux, le contenu des livres, richement reliés, alignés sur les étagères. Mais il ne racontait rien. Pas parce qu'il ne pouvait pas, mais tout simplement parce qu'il n'en avait pas envie. Il avait essayé, mais le Grand Envieux frottait ses longues mains blanches avec une telle délectation quand quelqu'un n'avait pas de chance, même dans les livres, que Piétia avait cessé de raconter et se contentait maintenant de lire.

De temps à autre, papa merle lui jetait un méchant regard en coin et commençait à crier :

« Chnerr, disks, teks, trrrenk ! »

Ce qui voulait dire : « Je suis le ministre de la cour et des écuries. Renvoyez ce garçon ! »

Alors Piétia couvrait la cage d'une couverture, et le merle, croyant que la nuit était venue, s'endormait. Piétia serait devenu complètement abruti si Lora n'était pas venue continuellement bavarder avec lui.

« A propos, dit-elle une fois, mon père a envie de te manger depuis longtemps, mais je ne l'ai pas permis.

— Pourquoi ?

— Comme ça. Cela m'amuse de te voir assis à lire. »

Deux fois par semaine, elle allait prendre des leçons chez la fée de la Politesse et de la Bienséance et, en rentrant, elle montrait à Piétia comment elle avait appris à marcher — pas de côté, mais tout droit, légèrement, comme une fille des neiges, et pas lourdement comme un ours. Mais Piétia faisait seulement « Mm ?... » et continuait à lire.

Pour maigrir, Lora ne mangeait plus maintenant cinq fois par jour, mais seulement quatre fois, et ne dormait plus deux heures après le déjeuner, mais seulement vingt minutes. Il est vrai qu'elle n'avait pas beaucoup maigri. Mais, de toute façon, Piétia ne faisait pas attention à elle. Elle avait mis un collier et le tripotait tout le temps, comme par inadvertance. Mais Piétia ne daignait même pas jeter un coup d'œil sur ce joli collier en verre de couleur !

Il lisait, lisait, et maintenant, quand Lora venait le voir, il ne la regardait que d'un seul œil, paresseusement, et lisait, lisait, ligne après ligne, page après page. Parfois, cependant, il dessinait dans les marges de petits diables aux queues recourbées comme des points d'interrogation.

Quand le Grand Envieux était pris d'insomnie, il enviait tous ceux qui dormaient. Il grinçait des dents en pensant aux voisins qui dormaient délicieusement en ronflant, le clapet ouvert, qui sur le côté, qui sur le dos. Et comment s'endormir, si l'on se met à grincer des dents à tout bout de champ ? Il enviait même les gardiens de nuit, mais seulement ceux qui n'auraient pas dû être gardiens de nuit et qui dormaient quand même.

Tous les gens font des efforts pour s'endormir quand ils ont des insomnies. Le Grand Envieux faisait des efforts aussi. C'était un être humain, malgré tout. Il comptait jusqu'à mille, se représentait une rivière qui coulait lentement, ou des éléphants marchant les uns derrière les autres en déplaçant majestueusement leurs pieds. Rien n'y faisait ! Il ouvrait la fenêtre et arpentait longuement sa chambre, en pantoufles et en robe de chambre ; il se rafraîchissait, puis il se précipitait dans son lit dans l'espoir de s'endormir. Il se rafraîchissait bien, mais n'arrivait pas à s'endormir. Peut-être parce qu'il commençait à s'inquiéter à l'idée de s'être peut-être trop longtemps rafraîchi (et, qu'à Dieu ne plaise ! il avait peut-être pris froid !). Ce soir-là, il décida même de monter sur le toit, muni d'un filet, dans l'espoir d'attraper un rêve, car, la nuit, les rêves voguent au-dessus de la ville. Il en attrapa quatre. Mais en descendant du grenier, il fit tomber le filet, et les rêves glissèrent au-dehors, sans hâte, pensifs et flous, pareils à la fumée d'un feu de bois dans une humide forêt de sapins.

Quand on ne dort pas, il vaut mieux ne pas regarder sa montre. Les montres, c'est bien connu, mentent parfois. On ne peut pas les comparer avec les miroirs qui disent toujours la pure vérité. Mais quand même, en regardant sa montre, on peut toujours savoir si le matin est proche, ou bien le soir. Il y avait encore loin jusqu'à l'aube, et le Grand Envieux décida de passer à la pharmacie des Ballons bleus.

« Excusez-moi, dit-il en frappant à la vitre derrière laquelle se dessinait une petite silhouette en robe de chambre. Veuillez me pardonner, c'est moi. Comment ça va, mon vieux ? Vous ne dormez pas ? »

Il croyait que, pour être aimé de ses subordonnés, il fallait leur dire fréquemment : « Alors, ça va, mon vieux ? » ou bien : « Comment vont les affaires, mon brave ? »

« Bonsoir. J'ouvre dans un instant, répondit le pharmacien-guérisseur. C'est lui, chuchota-t-il à la pie. Il faut te cacher, Tania, là, là ! »

Derrière la pharmacie, il y avait une petite pièce où il préparait les médicaments.

« Entrez, je vous prie » dit-il au Grand Envieux.

Il alluma toutes les lumières et les écureuils en porcelaine, accroupis entre les flacons, frottèrent de leurs pattes leurs yeux endormis : ils pensaient que le matin était venu.

« Excusez l'heure tardive, vieux, dit le Grand Envieux. Je n'arrive pas à dormir, que le diable m'emporte ! J'ai décidé de passer vous voir et de prendre chez vous une mixture pour hâter mon sommeil. Vous n'avez pas quelque chose de nouveau, mon ami ?

— Mm... de nouveau ? Il faut réfléchir. »

Le Grand Envieux s'affala avec lassitude dans un fauteuil. Peut-être n'avait-il rien de grand à cet instant. Il soupirait, et sa narine gauche, au lieu de se gonfler comme d'habitude, pendait tristement.

« Je vois que vous êtes en forme, dit-il en regardant le pharmacien-guérisseur qui, grimpé sur un escabeau, fourrait son long nez dans une bouteille, puis dans une autre. J'aimerais savoir si vous savez ce que c'est que l'ennui ?

— Un pharmacien a besoin d'un nez, répondit le pharmacien-guérisseur qui avait mal entendu.

— Je dis l'ennui...

— L'ennui. Non, l'ennui ne sert à rien. Un nez et des mains, oui.

— Je m'ennuie mortellement, vieux sourd, dit le Grand Envieux. Tout le monde me trompe et, à part ma fille, personne ne m'aime. Et tu crois que je n'ai pas envie d'être aimé, mon vieux ? » (Dans ses moments de sincérité, il aimait tutoyer ses subordonnés.) « J'en ai grande envie, parce que tout bien réfléchi, je ne suis pas du tout un mauvais homme. »

Le pharmacien-guérisseur se taisait. Il était occupé à peser de la liqueur de pavot pour la mélanger avec du miel de tilleul.

« Crois-tu que je désire tellement la mort de ce barbouilleur ? » continuait le Grand Envieux. (C'est ainsi qu'il appelait le père de Tania.) « Pas le moins du monde ! De toute façon, il ne plongera jamais plus. Quant à ses miracles, honnêtement, je ne suis pas d'accord. J'ai vu ses tableaux. Ils n'ont rien de particulier : de la toile, un cadre et des couleurs. »

Le pharmacien-guérisseur se taisait. Il remuait la

mixture avec un bâton de verre et faisait des efforts pour ne pas y ajouter de la mort-aux-rats.

« On peut dire de moi tout ce qu'on veut, continuait le Grand Envieux. Je suis simple, pas exigeant, patient ; c'est facile de me tromper. Ces jours-ci, par exemple, une bête à bon Dieu a fait la morte pour que je ne la tue pas. Et je l'ai crue ! Je l'ai crue comme un enfant ! Et c'est seulement après, que je l'ai devinée et que je l'ai tuée. J'ai beaucoup de défauts, mais personne n'a jamais osé m'accuser d'être envieux.

— N'a jamais osé, en effet, pensa le pharmacien-guérisseur. C'est prêt, dit-il à haute voix. Prenez cela et je vous garantis que vous vous endormirez parfaitement dans une demi-heure. »

Il y a tout lieu de penser que le principal se passa justement à cet instant. Le Grand Envieux se leva et remonta son pantalon. Il avait oublié sa ceinture à la maison. Bien entendu, il fit cela avec la plus grande discrétion, car il est malséant de remonter son pantalon en présence d'un subordonné. Mais le pharmacien-guérisseur avait l'œil perçant. Il dit en bredouillant : « Veuillez m'excuser » et passa rapidement dans la petite chambre au fond de la pharmacie.

« Tania, chuchota-t-il du bout des lèvres. Vole chez lui ! Il a oublié sa ceinture à la maison. Tu te souviens de l'adresse ?

— Oui. »

Le pharmacien-guérisseur ouvrit la fenêtre.

« Je vais essayer de le retenir. Apporte-moi sa ceinture. Oublie que tu es une petite fille. Tu es une pie, une pie voleuse ! »

7

Tania et Piétia cherchent la ceinture et le Grand Envieux fait des rêves gais

Dans la journée, le Grand Envieux se disputait constamment avec sa fille : il voulait toujours transformé Piétia en chauve-souris et elle ne voulait pas. Dans la journée, Lora venait et montrait comment, maintenant, elle posait ses pieds en marchant, et comment elle les croisait avec grâce en s'asseyant. La nuit, Piétia était tout seul, car le papa merle dormait dans sa cage.

Personne ne le gênait pour lire tant et plus. Il y avait des livres qu'il se contentait de feuilleter parce qu'ils étaient froids comme si une fine pellicule de glace recouvrait chaque page. Mais les autres... Oh, il était impossible de s'arracher aux autres !

Or, précisément la nuit où le Grand Envieux était allé à la pharmacie des Ballons bleus, Piétia remarqua qu'il avait maigri. Personne ne pouvait plus le traiter de gros garçon ! Cela lui plut. Le seul ennui, c'est que ses pantalons s'étaient mis à tomber. Il chercha une ficelle et n'en trouva pas. Une lanière pendait au chevet du lit du Grand Envieux. Piétia ne réfléchit pas longtemps, la passe autour de sa taille et se remit à lire.

Lora ronflait délicieusement dans sa chambre. Elle s'était beaucoup dépensée à répéter par cœur ses leçons de politesse et de bonnes manières ; le chat à tête de bandit traversa bruyamment la cuisine, attrapa un souriceau, et tout se tut. Pas un bruit, le silence. Seul le froissement d'une page, et voilà qu'elle est lue, adieu !

Soudain, quelqu'un frappa à la fenêtre. Piétia leva les yeux. Rien de particulier, une pie. Et il tourna la page. Mais le coup se répéta.

« Ouvre !

— Hmm... c'est bizarre. Une pie qui parle avec une voix humaine. Au fait, il vaut mieux ne pas s'étonner dans cette maison.

— Ouvre, tu entends ? Vite ! »

Piétia ouvrit paresseusement la fenêtre et jeta un encrier vide sur la pie. Dommage ! Ratée !

« C'est du propre, dit Tania d'un ton sévère, en volant dans la chambre. Non seulement il n'ouvre pas, mais il jette des projectiles. Attends un peu et je te réglerai ton compte, petit sot ! »

Au fait, ce n'est peut-être pas nécessaire de raconter comment ils se disputèrent. Piétia disait tout le temps : « Et toi... », « et toi... » et il en résulta que Tania était elle-même fautive d'avoir été transformée en pie. Enfin, ils se mirent à chercher la ceinture. Piétia avait évidemment oublié qu'à peine une heure plus tôt, il s'en était servi pour tenir son pantalon. C'est que cela s'était produit entre deux pages aussi intéressantes l'une que l'autre ! De plus, on imaginait mal que le Grand Envieux puisse porter une aussi vieille ceinture. Ils se la représentaient en mailles d'acier fines comme une toile d'araignée.

Ils cherchèrent longtemps. Rien de rien ! En revanche, Tania trouva sur le bureau l'ordonnance du docteur Miatchik et la cacha soigneusement sous son aile.

Ils cherchaient toujours, tandis que le Grand Envieux quittait en bâillant la pharmacie des Ballons bleus pour rentrer chez lui. La mixture au miel lui avait fait tant d'effet qu'il piqua un somme dans l'ascenseur. A moitié endormi, mettant à grand-peine un pied devant l'autre, il entra dans sa chambre, et c'est alors seulement que Tania et Piétia cessèrent de chercher la ceinture. A demi morts de peur, ils se cachèrent sous le lit, sur lequel le Grand Envieux s'affala, après avoir eu grand mal à quitter sa veste et son pantalon.

« Karcherakcherak ! » chuchota Tania. Ce qui voulait dire : « sauve qui peut ! » Et Piétia la comprit, bien qu'il ne connût pas le langage des pies. Il fallait attendre cependant que le Grand Envieux s'endorme profondément. Et ils restèrent blottis sous le lit en tremblant, surtout Tania, parce que Piétia n'était plus aussi peureux qu'auparavant. Mais voilà que de légers sifflements se firent entendre dans la chambre. Le Grand Envieux commençait toujours par siffler doucement et, après seulement, il se mettait à ronfler. Ils passèrent dans l'entrée sur la pointe des pieds

et de là, dans l'escalier dont ils dévalèrent les neuf étages ! C'est Piétia qui dévalait. Contrariée, poussant de gros soupirs, la tête basse, la pie descendait en planant derrière lui.

Le Grand Envieux sifflait encore comme un train au départ, et les rêves se bousculaient déjà au portillon : « Je suis le premier ! Non, c'est moi ! Permettez, monsieur, ce rêve filiforme peut témoigner que le premier, c'est moi. »

Non, ce n'étaient pas des rêves longs et ennuyeux, mais des rêves légers et merveilleux qu'il rêvait pour la première fois de sa vie ! Le petit garçon sur les pieds duquel le Grand Envieux avait marché, l'année passée, apparut riant et rose et dit qu'il n'avait pas mal du tout. La petite fille qu'il avait transformée en vieille jument, après avoir longuement essayé d'entrer dans l'ascenseur, avait péniblement grimpé les neuf étages, uniquement pour le remercier : depuis qu'elle était cheval, hennit-elle en mettant un sabot sur son cœur, elle avait découvert la vraie vie. La coccinelle qu'il avait tuée volait autour de lui en chantant : « Bien fait pour moi, tra la la », et quand il lui demanda en rêve « Pourquoi ? » elle répondit : « Parce que je n'avais qu'à ne pas faire semblant. »

Oui, ce qu'il y a de meilleur au monde, c'est le rêve, mais il n'y a rien de pire que de se réveiller en entendant un enfant pleurer. Et pourtant, c'est ce qui se produisit. Quelqu'un pleurait dans la pièce voisine. Était-il possible que ce soit le gros garçon, le nez enfoui dans son livre ?

Bondissant de son lit, le Grand Envieux jeta hâtivement sa robe de chambre sur ses épaules et ouvrit la porte... C'était Lora qui pleurait. Elle était assise sur le plancher au milieu des livres éparpillés ; elle tenait dans sa main une longue plume de pie, et elle pleurait si amèrement que le cœur du Grand Envieux se serra : il aimait beaucoup sa fille.

« Qu'est-il arrivé ? s'écria-t-il, épouvanté.

— Il est... est... est...

— Peste ! Tu m'as fait peur. Il est mort ?

— Non, il est parti...

— Parti ? C'est parfait... », avait commencé le Grand Envieux, mais à peine avait-il prononcé

« par... » qu'il sursauta, car Lora l'avait pincé à la cheville.

« Aïe ! Pourquoi pleures-tu, ma pauvre chérie ? Tu regrettes que je n'aie pas eu le temps de le transformer en chauve-souris ? »

Au lieu de répondre, Lora se coucha par terre, dans la petite mare de larmes qu'elle avait versée et se mit à battre le parquet de ses pieds.

« Je veux, je veux, je veux qu'il revienne ! » criait-elle.

Elle trépignait si fort de ses grosses petites jambes maladroites que les locataires du huitième montèrent au neuvième pour demander respectueusement s'ils ne devaient pas aller se plaindre au gérant de l'immeuble.

« Il va revenir, je te le promets ! Je te donne ma parole d'honneur !

— Je ne te crois pas ! criait Lora. Tu n'es pas honnête, tu n'es pas respectable. Tu m'as dis toi-même qu'on ne peut croire personne.

— Mais dans ce cas précis, on peut, criait le Grand Envieux avec désespoir. N'oublie pas que je suis ton père. Calme-toi, je t'en supplie. Où as-tu pris cette plume ?

— Hou, hou, hou ! Je veux qu'il soit assis dans le fauteuil et qu'il lise. Je veux qu'il fasse «hmm ?» et qu'il me regarde... Hou, hou, hou... d'un seul œil ! »

— Bien, bien, il va revenir et il fera « hmm ? » Que la peste soit de lui ! Et il te regardera d'un seul œil ! »

L'excitation tombée, il prit la plume des mains de Lora. C'était une plume de pie et seule une pie avait pu laisser tomber une plume de pie.

8

Le Grand Envieux ne trouve pas sa ceinture,
bien qu'il se souvienne parfaitement
l'avoir laissée au chevet de son lit

« Traîtres ! pensait-il avec accablement, en se rongeant les ongles et en rentrant sa petite tête noire dans ses épaules. On m'envie, c'est sûr. Je suis en vue, j'ai quarante ans et je suis déjà Premier Conseiller. Je suis candide, et les hommes candides ont toujours des ennuis. Tiens, j'ai accueilli ce petit garçon, et il est parti, sans même dire merci. Réfléchissons calmement : la pie n'est pas venue pour chercher le petit garçon mais l'ordonnance. Elle espère encore obtenir le médicament à la pharmacie des Ballons bleus. Mais le pharmacien est mon ami ! J'ai toujours eu de l'indulgence pour lui... Tant pis ! En tout cas pour moi... »

Une heure plus tard, inquiet et grelottant, « ... je me suis embrouillé, se dit-il. Voilà ce qu'il faut faire avant tout : ne pas penser à soi. Ça rafraîchit ! »

Il avait toujours du mal à ne pas penser à lui-même et, surtout, cela ne l'intéressait pas. Il réfléchissait : « ... Non, le pharmacien-guérisseur n'osera pas préparer le médicament sans ma permission. Il sait bien que je m'occupe des miracles jusqu'au 1er juillet. Et Zabotkine va mourir ! »

En souriant, le Grand Envieux frotta ses longues mains blanches.

« ... Oui, mais on le portera au palais des Beaux-Arts. Un orchestre jouera une marche funèbre au-dessus de son cercueil, et pas pendant une heure ou deux, mais pendant un jour entier et peut-être même pendant vingt-quatre heures. Les gens les plus respectables de la ville, pensait-il avec désespoir, sentant que l'envie se réveillait dans son cœur, vont se relayer pour monter une garde respectueuse autour de son cercueil. »

C'était le moment de mettre la ceinture, et le Grand Envieux allongea la main — il se souvenait de l'avoir laissée au chevet de son lit. Mais il n'y avait pas de ceinture. Il fouilla dans sa penderie ; n'aurait-il pas laissé la ceinture sur un vieux pantalon ? Il retourna toutes ses poches, chercha dans son secrétaire. Il réveilla sa fille et le regretta car elle avait à peine ouvert les yeux, qu'elle se remit à pleurer. Il fourra sa longue main blanche dans le vide-ordure et la main descendit de plus en plus bas, jusqu'au huitième... septième... sixième... cinquième étage ! Non et non ! Serrant ses lèvres en forme de long sifflet effrayant, il grommela : « Ah c'est comme ça, mes cocos ! » Puis il rentra dans sa chambre. « Ah, c'est comme ça. Bien ! Bien ! »

9

Le pharmacien-guérisseur parle au téléphone avec le conseiller, et la vieille jument frappe délicatement à la pharmacie des Ballons bleus

Le pharmacien-guérisseur comprit aussitôt que Tania ne lui rapportait pas la ceinture.

« Tu ne vas pas me dire que tu ne l'as pas trouvée ! s'écria-t-il en portant la main à son cœur. Tout est perdu si tu ne l'as pas trouvée. Il va deviner que c'était toi et s'il le devine... »

Les pies ne pleurent pas, comme le démontre le professeur Pénotchkine, ou pleurent rarement comme le soutient le professeur Mamliouguine. Mais Tania était encore une petite fille si peu de temps auparavant, qu'il n'est pas étonnant qu'elle ait fondu en larmes.

« Interdiction absolue ! s'écria d'une voix aiguë le pharmacien-guérisseur. Tu vas mouiller mon veston ! » (Tania était assise sur son épaule.) « Je vais m'enrhumer, et je n'ai pas le temps d'être malade en ce moment. Qu'est-ce que c'est que ce gamin ? »

Le gamin qui se tenait sur le seuil d'un air coupable, c'était Piétia, et le pharmacien-guérisseur n'aurait pas mis si souvent la main à son cœur s'il avait su que Piétia portait la ceinture, cette vieille petite ceinture usée en cuir ordinaire. Mais il ne le savait pas.

« Comme si je n'avais pas assez de soucis ! Il va falloir maintenant que je m'occupe de ce poltron. Laissez-moi tranquille ! J'ai le cœur malade. Laissez-moi mourir tranquille ! »

Mais, apparemment, il n'avait pas encore envie de mourir, car il but un verre de cognac, puis, après avoir réfléchi un peu, un second.

« Poison, dit-il avec délice. Donne-moi l'ordonnance, petite sotte. Il va deviner que c'était toi, et ils vont bien sûr me renvoyer si je prépare le médicament pour ton père. Et il ne me restait que six mois jusqu'à la retraite, tu comprends ? Mon Dieu, mon Dieu ! J'ai essayé pendant toute ma vie de ne rien faire de bon pour les gens et je n'y suis jamais arrivé, jamais ! Et voilà encore ! Bon, il n'y a rien à faire ! C'est la dernière fois. Que je sois pendu si je fais encore du bien à des gens... A des animaux, c'est autre chose. Aux oiseaux... Qu'à cela ne tienne ! Mais aux gens... Pourquoi as-tu tellement maigri, gamin ? Tu as faim ? Prends un sandwich. Mange ! Je te dis de manger, chenapan ! Aïe, quel tintouin, avec vous autres ! »

Il grommelait, soupirait et se mouchait dans un immense mouchoir vert déteint, bien que tous les pharmaciens du monde essayent de ne pas se moucher en préparant des médicaments. Et s'ils se mouchent quand même, ce n'est jamais dans des mouchoirs verts déteints, mais dans des mouchoirs neufs, blancs comme neige. Pourtant, il se mouchait, clignait de l'œil et se grattait ; il grogna même deux fois avec satisfaction, quand il fut évident qu'il n'avait pas préparé un médicament pour le père de Tania, mais un véritable miracle. Le seul ennui étant qu'au lieu d'avoir préparer un flacon, il en avait préparé deux, et pour deux flacons, il pouvait être puni deux fois plus.

« Prends, Tania ! »

La pie prit soigneusement le flacon sur lequel était écrit : "*Eau vive*".

« Bien. Nous cacherons le deuxième. On ne sait jamais, il peut servir. Bonne route. Dépêche-toi ! s'écria-t-il en trépignant. Je pourrais encore changer d'avis ! Ah, que vous m'ennuyez, tous ! »

Et Tania s'envola à temps, parce que le téléphone s'était mis à sonner et que le pharmacien-guérisseur entendit une voix qui pouvait véritablement l'obliger à changer d'avis.

« Comment ça va, mon vieux ? » demanda le Grand Envieux. C'était lui, bien entendu ! « Je veux te remercier pour la mixture. J'ai dormi comme un enfant. Tu as vraiment réussi ton coup !

— Je vous en prie, c'est avec plaisir !

— Comment ?

— C'est avec plaisir ! hurla le pharmacien-guérisseur.

— Bon, bon. Ne perds pas de vue que je suis bienveillant avec toi. Voilà, maintenant, par exemple, je te donnerais volontiers une tape sur l'épaule. Car il me semble que tu aimes les oiseaux ?

— Quoi ?

— Je dis, les oiseaux ! Les moineaux, les canaris, les pies ?

— Les oiseaux ? Non. C'est-à-dire, ça dépend lesquels. Des oiseaux utiles — oui. Ceux qui chantent. Les moineaux — non. Ils ne chantent pas.

— Je comprends. Au fait, une pie n'est-elle pas passée chez toi, ces jours-ci ?

— Non, pourquoi ?

— Eh bien, tu vois... je me réveille, et je vois une plume de pie sur le plancher. Elle l'avait laissée tomber. Bon, tu me connais ! J'avais envie de la lui rendre. Je me disais, elle doit la chercher, se désoler. Donc, elle n'est pas passée ?

— Non.

— Hmm... tant mieux. Au revoir. Ah oui ! J'espère que tu n'as pas oublié que je m'occupe des miracles jusqu'aux nouvelles dispositions ?

— Quelle question !

— Bon, bon. Adieu. »

Ils posèrent le récepteur ensemble et se mirent à marcher de long en large : le Grand Envieux donnant des coups féroces de sa petite tête noire, et le pharmacien-guérisseur saisissant avec désespoir son long nez, qui avait maigri d'un seul coup. Ils faisaient les cent pas en pensant l'un à l'autre. Les pensées du Grand Envieux volaient vers la pharmacie et celles du pharmacien-guérisseur, tout droit au n° 3 de la rue de la Chèvre, et il n'y a rien d'étonnant à ce qu'elles se soient heurtées en chemin. On entendit un fracas, pas très fort, il est vrai, mais suffisant pour effrayer la jument qui traînait un tonneau d'eau le long de la butte aux Faucons. C'était la vieille jument, celle qui s'était appelée un jour Ninotchka et qui s'appelait maintenant Appétit. Depuis longtemps elle avait envie de savoir si Tania avait commandé le médicament, et souhaitait acheter par la même occasion, si c'était possible, une paire de lunettes chez le pharmacien-guérisseur. Il est vrai qu'elle n'avait pas d'argent.

« Mais, se disait-elle, je pourrais peut-être lui rendre un service ? Par exemple, il faut de l'eau pour les mixtures et les infusions. La mienne est très bonne, justement, et j'en ai autant qu'on veut... Oui... C'est bien pénible de vivre sans lunettes ! Surtout quand les copines s'arrangent pour te chiper la paille sous le nez. Au fait, en quoi sont-elles tes copines ? Est-ce qu'elles ont jamais porté des nœuds dans leurs nattes ? Est-ce qu'on les a jamais récompensées d'un diplôme comme moi, quand je suis passée en troisième ? Qui dansait mieux que moi à l'école ? Qui chantait comme un rossignol : Hi-go-go, Hi-go-go... »

Il lui sembla qu'elle s'était hissée sur la pointe des pieds et qu'elle s'était mise à chanter ; en fait, elle avait levé la queue et s'était mise à hennir. Le pharmacien-guérisseur, qui marchait toujours de long en large, prêta l'oreille avec inquiétude.

Pan ! La verrerie de la pharmacie répondit en tintant, et les écureuils en porcelaine se dressèrent, les oreilles aux aguets.

Pan ! C'était bien sûr la vieille jument. Il lui semblait qu'elle frappait délicatement, qu'on l'entendait à peine.

10

Où l'Eau vive se transforme en lilas et où Tania fait la connaissance d'une pie du Likhobor

L'eau vive clapotait dans le flacon. Tania le serrait fort dans son bec noir et crochu. Encore quelques coups d'ailes et la maison ! Voilà le toit familier qui apparaît au loin. Des moineaux étaient perchés sur les cheminées et se dispersèrent tous à la fois, dans un grand froissement d'ailes ; sans doute avaient-ils pris peur de ce grand oiseau noir et blanc qui portait quelque chose de bizarre dans son bec. Et s'il se produisait une explosion ou autre chose ? Des gamins lançaient un dragon en papier sur la butte aux Ours. Eux aussi, bien sûr, avaient remarqué Tania, d'autant plus que le vent s'était levé et que le cerf-volant planait à sa rencontre. Il était terrible, avec des cornes, et il tirait une langue rouge. N'importe quelle pie aurait crié au secours. Mais Tania ne criait pas, elle aurait pu laisser tomber le flacon ! Les yeux fermés, elle se rapprochait du dragon. Il aurait fallu ouvrir le bec, mais elle le serrait d'autant plus fort !

« La pie voleuse !

— Regardez, les gars, ce qu'elle a chipé ! »

Un caillou heurta douloureusement Tania à l'épaule, un autre lui égratigna la patte et le troisième... le troisième brisa le flacon ! Un fin filet étincelant au soleil se déroula entre le ciel et la terre. C'était l'eau vive qui coulait, et là où elle tomba, poussa un si bel arbuste de lilas que le savantissime jardinier se mit aussitôt à écrire à ce sujet un livre intituté *Miracle sur la butte aux Ours.*

Désespérée, épuisée, l'aile meurtrie, Tania s'en retourna à la pharmacie. Elle se rappelait que le pharmacien-guérisseur avait préparé deux flacons d'eau vive. Quelle chance ! Mais, sur un morceau de carton accroché entre les ballons bleus, elle lut : "*Croyez-le si vous voulez, ne le croyez pas si vous ne voulez pas, mais la pharmacie est fermée*". C'était l'écriture de Piétia, et personne d'autre que lui n'aurait dessiné dans un coin un diable à la queue recourbée comme un point d'interrogation.

Oui, la pharmacie était fermée ! Tania, perchée sur l'antenne de télé d'où elle pouvait voir les douze rues de la butte aux Ours, se mit à attendre. Que pouvait-elle faire d'autre ?

Une heure passa, une autre, une troisième. La pluie se mit à tomber. Tania était transpercée jusqu'au duvet et c'était parfait parce qu'elle avait peur de s'endormir, et on ne peut guère s'endormir sous la pluie, surtout si l'on a pas de parapluie, n'est-ce pas ? Mais la pluie cessa de tomber, et Tania s'endormit.

Le soleil était levé quand elle ouvrit les yeux ; les

perrons brillaient après la pluie comme s'ils avaient été dessinés à la craie sur du papier bristol, et le morceau de carton avec l'inscription était toujours suspendu entre les ballons bleus. Le pharmacien-guérisseur n'était pas encore revenu. Mais où était passé Piétia ? Tania vola au champ de courses vers la vieille jument, mais à sa place, dormait, jambes écartées, un vieux canasson à la queue rousse.

« Excusez-moi, savez-vous... Il y avait à cette place une petite fille... Je veux dire une jument...

— La jument Appétit est relevée de ses fonctions », hennit en se réveillant le canasson. Dans le temps, il avait porté le responsable du centre de ravitaillement, et il était devenu aussi laconique que lui.

« Relevée ? Pourquoi ?

— Pour s'être sauvée dans une direction inconnue en emportant le harnachement et la charrette de l'État, et un tonneau plein d'eau. »

Il ne restait plus qu'à s'excuser poliment et à s'envoler. Mais où ?

... Tania, d'une humeur massacrante, se cacha dans le taillis le plus épais du jardin des Bouleaux. Elle voyait tout en noir, même le soleil qu'elle pouvait regarder, comme toutes les pies, sans cligner des yeux. Le ciel bleu lui paraissait gris, les feuilles vertes, d'un roux sale, et l'oiseau assis sur l'arbre voisin, une triste corneille de l'espèce la plus ordinaire.

« Cha kikrakichakerak », dit tout à coup l'oiseau.

Quelle chose étrange ! cela voulait dire « Bonsoir » dans le langage de pie le plus pur.

« Karchichkarirachkerach », répondit avec empressement Tania.

Ce qui signifiait : « Quelle bonne surprise ! Figurez-vous que je vous avais prise pour une corneille.

— Non, je suis une pie. Si c'est à la corneille blanche que vous pensez, c'est ma tante. Vous habitez en ville ?

— Oui. Et vous ?

— Je préfère la campagne. Ici, c'est trop bruyant. Vous savez, c'est impossible de se concentrer. Comme vous avez une jolie plume avec un accroche-cœur !

— Allons donc, ce n'est rien d'exceptionnel. Voilà, cette nuit, j'ai perdu une plume. Je ne parviens pas à m'en remettre. Vous savez, une blanche, blanche avec un bord noir.

— Que me dites-vous là ? Et vous ne l'avez pas retrouvée ?

— Non, bien sûr. C'est vraiment dommage. Qu'avez-vous à la patte ? Est-ce possible que ce soit une bague ? Quelle chose ravissante ! C'est une turquoise ?

— Oui. Et j'ai chez moi des boucles d'oreilles assorties. Mais je n'arrive pas à trouver une broche. Vous ne me croirez pas, mais j'ai fouillé tous les magasins, ces jours-ci. Rien de rien ! On en pleurerait !

— Et cette bague, vous l'avez achetée chez un antiquaire ?

— Achetée ? Pourquoi ? Volée, oui ! »

Elles jacassèrent encore un peu, et puis la pie invita Tania chez elle, dans le Likhobor.

« Je vis chez ma tante, expliqua-t-elle. Elle sera

très heureuse. Il n'y a pas à voler longtemps, cent kilomètres seulement. »

« Attention, Tania ! Souviens-toi que les petites filles s'habituent vite à être pies, d'autant plus vite qu'elles aiment jacasser. Tu es une petite fille, pas une pie. » On aurait dit que la bonne-vieille-jument était là, tellement était distincte la voix triste que Tania entendait et qui la mettait en garde. Mais elle était fatiguée et elle avait faim. Après tout, qu'y avait-il de si terrible à passer un jour ou deux avec cette pie si gaie ?

« Malheureusement, je dois absolument trouver le pharmacien-guérisseur, dit-elle. Il est parti, et n'est pas revenu. J'ai attendu toute la nuit.

— Et alors ? Ma tante vous dira où il est allé. Vous savez comme elles sont intelligentes, ces corneilles. »

Tania réfléchit.

« Krakechak », dit-elle enfin.

En pure langue de pie, cela signifiait : « Je suis d'accord. »

Il fallut faire un crochet important, mais elle ne pouvait pas s'envoler de la ville sans jeter un dernier coup d'œil sur sa maison !

La fenêtre de papa était grande ouverte, il dessinait dans son lit et maman était assise à ses côtés, avec un livre. Elle avait un visage triste. Elle s'inquiétait sans aucun doute pour Tania. Mais, curieusement, elle se sentit rassurée quand une pie vola devant la fenêtre en faisant un signe bienveillant.

11

Le pharmacien-guérisseur dit adieu à sa pharmacie, et la vieille jument met des lunettes

Que voulait donc dire la curieuse inscription sur le carton accroché entre les ballons bleus : "*Croyez-le si vous voulez, ne le croyez pas si vous ne voulez pas, la pharmacie est fermée*" ? Ne nous cassons pas la tête sur cette énigme, d'autant plus qu'elle est très simple à deviner. Le pharmacien-guérisseur avait pris peur. Et quand un homme a peur, il se sauve.

« Il faut que je fasse croire que je suis absent, pensa-t-il après avoir parlé au téléphone avec le Grand Envieux. Et quand un homme est absent, on ne peut pas le renvoyer parce qu'on ne peut pas renvoyer quelqu'un qui est absent. Quelle idée magnifique !... Cependant, il est difficile de paraître absent quand je suis là, bien là, avec ma calotte, ma veste verte, mes poudres et mes potions qui sont énigmatiques pour tous, sauf pour moi. Donc, je dois me sauver. Mais où ? »

Il décida de se sauver chez le savantissime-jardinier, un homme sympathique dont les journaux disaient avec force détails qu'il se conduisait merveilleusement bien envers les fleurs, les plantes en général et quelques insectes utiles. On pouvait espérer qu'il se conduirait tout aussi bien envers quelques personnes et le pharmacien-guérisseur en particulier. Voilà qui était décidé !

Il s'apprêtait à appeler un taxi, mais à cet instant même, pan ! la vieille jument frappa.

« Te voilà bien à propos ! s'écria-t-il. Bonjour, Ninotchka. J'espère que tu n'es pas trop occupée et que tu pourras me conduire chez le savantissime-jardinier.

— Bien sûr ! » hennit la jument avec enthousiasme.

Oui, c'était un départ qui valait le coup d'œil !

Pour partir en voyage, le pharmacien-guérisseur avait mis un manteau, vert lui aussi, il avait un faible pour cette couleur, et avait troqué sa calotte contre un chapeau à larges bords, d'où dépassait tristement son nez soucieux. Il portait sur l'épaule un sac de voyage dans lequel tintaient les pots et les flacons. Il s'assit sur le banc de devant, pour entendre l'eau qui clapotait agréablement derrière son dos. Il regardait sans cesse autour de lui, guettant la pie. Piétia était grimpé sur le tonneau. Quel est le gamin qui renoncerait à faire un tour sur un tonneau plein d'eau, à défaut de patins à roulettes ?

En ce qui concerne la jument... Oh, c'était un des plus beaux jours de sa vie ! Tandis que le pharmacien-guérisseur préparait ses bagages, elle lui demanda de lui offrir une paire de lunettes.

Bien sûr, s'il avait eu le temps, il aurait choisi des lunettes en fonction de sa vue, mais comme il était pressé, il lui avait donné par erreur des lunettes à travers lesquelles le monde paraissait gai et heureux.

Maintenant, elle portait ces lunettes qui avaient très bon air sur son gentil museau de velours. Pendant les deux ou trois premiers kilomètres, elle avança avec prudence, sur la pointe des sabots, pour s'habituer. Mais, dès qu'elle se fut éloignée de la ville et des phares éblouissants des automobiles, qui regardaient en coin et avec mépris cette vieille carne porteuse d'eau, elle se lança au trot en esquissant des pas de danse et en chantant.

Comme tous les gens sincères et simples, elle chantait ce qu'elle rencontrait en chemin. Mais ce qu'elle rencontrait n'était pas ce qu'elle voyait. Ou, plus exactement, elle ne voyait pas du tout ce qu'elle rencontrait. Des maçons en blouse grise construisaient une maison, et il lui semblait que leurs blouses n'étaient pas grises mais bleues, et que les briques leur volaient dans les mains ; de petits garçons se traînaient en direction de l'école, il lui semblait qu'ils couraient à toutes jambes pour arriver au début des cours. C'était même dangereux : des ouvriers réparaient un pont au bout d'une rue et il lui sembla qu'il était déjà réparé ! Le tonneau et ses passagers évitèrent de justesse de verser dans le fossé.

Une petite fille paresseuse était couchée au bord de ce fossé, un livre d'arithmétique sous la tête, ses jambes nues étendues au soleil.

« Dites-moi, s'il vous plaît, comment aller chez le

savantissime-jardinier ? lui demanda le pharmacien-guérisseur.

— Je ne le dirai pas.

— Pourquoi ?

— J'ai la flemme.

— Mais est-ce que tu ne viens pas déjà de dire trois mots ? demanda avec intérêt le pharmacien-guérisseur.

— Oui ! Mais je ne dirai pas l'adresse. Elle est longue.

— Un cas rare », diagnostiqua le pharmacien-guérisseur qui aimait, comme tous les médecins, les cas rares et qui pensait être le seul à pouvoir les résoudre. « Prends, fillette ! »

Et il lui tendit une petite boîte de poudre.

« Je ne la prendrai pas.

— Pourquoi ?

— J'ai la flemme.

— Tu as la flemme de prendre un médicament contre la flemme ?

— Oui.

— Je comprends. Tiens-la, Piétia ! dit le pharmacien-guérisseur en colère. Allons... Voilà ! »

Et, d'un seul coup, il vida dans la bouche de la fillette trois sachets de poudre.

Oui, c'était un remède efficace ! Il suffit de dire qu'à partir de ce moment-là, personne ne traita plus cette fillette paresseuse de paresseuse. On la traitait de tout, de méchante, d'impertinente, de sotte, d'ingrate, de capricieuse, mais de paresseuse jamais ! Tout ébouriffée, elle sauta sur ses pieds et, avant tout débita l'adresse du savantissime-jardinier :

« Village des Rois-de-l'Air-Pur, rue des Choux-à-Lapins, maison 3, sept fois neuf soixante-trois, appartement 2, huit fois neuf soixante-douze. »

Naturellement, elle voulait dire « maison n° 3, appartement n° 2 », mais elle était pressée d'apprendre la table de multiplication.

« Merci, dit le pharmacien-guérisseur. Et comment va-t-on au village des Rois-de-l'Air-Pur ?

— Avant de tourner, tout droit, neuf fois neuf, quatre-vingt-un, répondit l'ex-paresseuse, qui était maintenant une fillette studieuse. Et puis à gauche, dix fois dix, cent. »

Cependant, ils ne seraient pas arrivés chez le savantissime-jardinier, sans le lapin timide. C'est que la vieille jument ne trotta pas tout droit jusqu'au tournant, mais de travers, (parce que tout ce qui était de travers paraissait droit grâce aux lunettes magiques), puis elle ne tourna pas à gauche, mais à droite. Vous comprenez maintenant pourquoi ils se sont égarés !

C'est alors que le lapin jeta un coup d'œil pardessus la rangée de choux. Il jeta un coup d'œil et se cacha, mais ses oreilles dépassaient. Puis il jeta un autre coup d'œil et se cacha, mais ses oreilles restèrent... Puis il jeta encore un coup d'œil et se cacha une troisième fois, et ses oreilles... Mais à ce moment-là, le pharmacien-guérisseur l'aperçut.

C'était un lapin très ordinaire, qui se distinguait des autres lapins encore plus ordinaires parce qu'il était incapable de dire à une jeune lapine qui venait de terminer l'école des lapins : « Voulez-vous être ma femme ? ». Quelquefois, il disait : « Voulez... » Quelquefois, il arrivait même à dire : « ... ma... », mais alors il se taisait en rougissant, et la jeune lapine n'avait plus qu'à remuer tristement ses oreilles.

« Comment savoir, pensait-elle. Peut-être qu'il veut dire : Voulez-vous être ma sœur ? »

Les yeux baissés, le lapin se tenait devant le pharmacien-guérisseur et ne pouvait pas prononcer un mot, tellement il était confus.

« Ah, je comprends, dit le pharmacien-guérisseur avec bonhomie. Rien de bien spécial. Une timidité excessive. Cela passera avec l'âge. Deux gouttes sur un sucre, deux fois par jour. Mais il ne faut pas dépasser la dose prescrite. J'ai connu le cas d'un jeune homme timide dans votre genre qui a bu tout le flacon d'un seul coup et qui est devenu un effronté. »

Et il tendit au lapin le flacon avec un compte-gouttes. Que devait dire le lapin ? Evidemment : « Je vous remercie, mais malheureusement je n'ai pas de sucre. Est-ce que je peux prendre votre médicament sur du choux ? » Mais il put seulement ouvrir et fermer la bouche.

« Papa pharmacien, s'écria Piétia. Qu'est-ce qui vous prend, honnêtement ? Où trouverait-t-il du sucre ? c'est un lapin !

— En effet, acquiesca le pharmacien-guérisseur. Mais on peut prendre ce médicament avec de l'eau. Nous allons faire cela tout de suite. Piétia, remplis un verre ! Allons, lapin mon ami, courage ! »

Le lapin but le remède.

« Merci, dit-il d'une voix à peine audible. Vous vous êtes égarés, ajouta-t-il d'une voix un peu plus forte. Pour le savantissime-jardinier, ce n'est pas à

droite mais à gauche, dit-il de la voix ordinaire d'un lapin ordinaire et pas du tout timide. Il habite dans la petite maison verte au toit de tuiles ! hurla-t-il en ayant apparemment complètement oublié qu'il ne pouvait pas ouvrir la bouche une minute auparavant, tant il était timide. Excusez-moi, je suis pressé ! »

Et il prit ses jambes à son cou pour chercher la lapine de ses rêves et pour lui dire : « Voulez-vous être ma femme ? »

Ils eurent quand même du mal à trouver la maison du savantissime-jardinier. C'est que la maison était très petite et verte, et le jardin, très grand et vert lui aussi. C'est difficile de trouver du vert dans du vert, surtout si la première chose verte est petite et l'autre grande.

Mais dans tout ce vert, c'est le savantissime-jardinier qui fut le plus difficile à trouver. Piétia parcourut toutes les allées et finit par tomber sur un petit vieillard maigrichon, coiffé d'un chapeau à larges bords. Il était accroupi et écoutait avec une expression soucieuse la conversation d'une tulipe et d'une rose.

« C'est impossible, impossible, disait la tulipe. Pas un seul jour de pluie depuis dix jours ! Tu es toute pâle !

— Cette chaleur finira par nous tuer, répondait la rose. Tu ne peux pas imaginer à quel point j'ai soif !

— Où est ta rosée ?

— Les abeilles l'ont bue. »

Oui, il faisait très chaud. Les myosotis étaient sur le point de fermer leurs yeux bleus pour toujours, les giroflées étaient évanouies et seuls les cannas présentaient fièrement au soleil leurs ailes rouge-feu. Voilà pourquoi le savantissime-jardinier se réjouit tellement en apercevant, derrière la grille, la vieille jument qui semblait, avoir apporté un tonneau entier d'eau fraîche et pure il en sauta de joie ! Sur la banquette avant était assis un petit vieux vêtu d'un long manteau vert avec un chapeau à larges bords.

« Ah, je comprends, pensa le savantissime-jardinier. C'est le nouvel uniforme des distributeurs d'eau. »

« Bienvenue, dit-il à haute voix. Vous êtes arrivés à temps. Permettez-moi de vous remercier, avant tout, au nom de mon jardin qui se meurt de soif. »

12

Piétia confond l'oie-traîtresse
et Tania retrouve la trace du pharmacien-guérisseur

« Non, le pharmacien-guérisseur n'osera pas préparer le médicament pour le père de Tania, pensait le Grand Envieux. Cependant, je l'appelle quand même souvent, mon vieux, ou mon brave. Il y a des gredins, bien sûr ! On se conduit bien avec eux et il vous font un coup bas. Mais celui-là, non ! Six mois avant la retraite ! Et puis, je lui ai parlé habilement, je l'ai menacé et flatté... Et s'il le préparait quand même ? Et si ce barbouilleur allait guérir ? Cela fait peur rien que d'y penser !

»... Tant pis pour cette ceinture, songeait-il avec accablement. Elle est perdue, elle est perdue. Il est temps que j'apprenne à m'en passer. La vie m'a enseigné l'envie, mais je suis bon de nature ! Je suis prêt à tout donner au premier venu. Voilà, tout de suite, par exemple : je suis prêt à donner ma dernière chemise, pourvu que ce barbouilleur crève ! »

Depuis qu'il avait perdu sa ceinture, il ne lisait plus les journaux. Pourquoi faire? Ils pouvaient annoncer que quelqu'un avait été récompensé (grand bien lui fasse!) ou que tout allait bien en général. Non, vraiment, qu'ils aillent au diable! Cependant, il écoutait quelquefois la radio.

Et voilà que l'on dit aux nouvelles du soir qu'une exposition venait de s'ouvrir dans la grande salle des Maîtres. Cela aurait pû n'être qu'un demi-mal. Mais toutes les toiles de cette exposition étaient signées du père de Tania. Voilà qui était une vilenie! Et le comble (le Grand Envieux sentit que la respiration lui manquait), l'artiste en personne, récemment remis d'une longue maladie, allait assister à l'inauguration. « En personne », c'est ce qu'ils disaient.

Il est probable que le Grand Envieux aurait été terrassé par une violente crise cardiaque, si la sonnette n'avait pas retenti. Quelqu'un venait le voir. Le Grand Envieux avala à la hâte une mixture contre l'envie et s'approcha de la porte.

« Qui est là?

— Ga-ga. »

C'était l'oie, celle dont on disait: « bête comme une oie ». Elle était menteuse et bête et ne trompait que ceux qui étaient encore plus bêtes qu'elle. Le Grand Envieux l'avait envoyée à la recherche du pharmacien-guérisseur.

« Ah, c'est toi, ma vieille? Comment ça va?

— Ça va, ga-ga.

— Sois plus claire.

— Je les ai trouvés, dit l'oie solennellement. Ils se cachent dans la maison du savantissime-jardinier.

— Ah bon ! Parfait !
— Pas tout à fait parfait. Vous ne les trouverez pas.
— Pourquoi ?
— Parce que les peupliers sont en fleur depuis hier.
— Et alors ?
— Et alors, il vole, ga-ga.
— Qui ça, il ?
— Pas il, mais le..., dit l'oie. Le duvet des peupliers.
— Je ne comprends pas.
— Chaque duvet est chargé de prévenir immédiatement le pharmacien-guérisseur de votre présence. C'est le savantissime-jardinier qui l'a ordonné, et même les chênes centenaires n'osent pas lui désobéir. Il faut intriguer cette fois. Par exemple, je mets un fichu et je m'approche d'eux comme si j'étais une mémé qui veut leur vendre des champignons, vous voyez ce que je veux dire ? Et vous, vous vous cachez sous les champignons. Ce n'est pas sorcier pour vous. Ils achèteront des champignons, et vous... Vlan ! Et ga-ga !
— Et le nez ?
— Ce n'est pas grave, les vieilles ont parfois des nez pareils. Ou encore : jetons un filet sur la maison pour les attraper tous et sortons-les, les uns après les autres, le pharmacien-guérisseur, la jument et Piétia. »

Le Grand Envieux fit la grimace : il n'aimait pas les imbéciles.

« Oui, c'est une idée, dit-il. Mais tu comprends, ma

vieille, c'est du boulot. Tant qu'à fabriquer un filet, il me serait plus utile pour d'autres affaires. Au fait, tu n'aurais pas remarqué par hasard une ceinture qui traînerait quelque part ? Une ceinture ordinaire, usée ? Une vieille lanière avec une boucle ? Tu ne l'as pas vue ?

— Je l'ai vue. Sur Piétia.

— Quoi ?

— Vous avez bien entendu. Et pourquoi voulez-vous une ceinture ? Personnellement, je préfère les bretelles.

— Bien sûr, bien sûr, dit le Grand Envieux avec agitation. Moi aussi. Donc, premièrement, il faut choisir un jour de grand vent. Le duvet s'envole facilement avec le vent. Si le vent souffle du nord, par exemple, et que tu viennes aussi du nord, ils ne te remarqueront pas. Deuxièmement, il ne faut pas te mettre un fichu sur la tête, mais un nœud papillon autour du cou ; avec un nœud papillon on a l'air plus respectable. Ainsi, tu entreras, tu salueras poliment et tu diras : "Puis-je voir le pharmacien-guérisseur de la pharmacie des Ballons bleus ?" Il demandera : "Pourquoi ? — Vous allez recevoir la visite d'un astronome célèbre. — Pourquoi ? — Parce que, diras-tu, sa femme lui a tapé en plein dans l'œil et maintenant il ne peut plus distinguer la Grande Ourse de la Petite. Serez-vous assez aimable pour le recevoir ?" Et au lieu de l'astronome, c'est moi qui viendrai. Tu comprends ?

— Je comprends.

— Bravo, l'amie ! »

Il faut dire que Lora se trouvait dans la pièce voisine et qu'elle entendait la conversation. Elle était assise sur la chaise de Piétia et lisait son livre, celui-là même qu'il n'avait pas eu le temps de terminer. Elle dessinait dans les marges de petits diables qui ressemblaient absolument aux diablotins de Piétia, avec de longues queues recourbées comme un point d'interrogation. Elle se réjouit quand elle sut que l'oie savait où était Piétia.

Quand l'oie s'en alla, elle la rejoignit dans l'escalier et la chargea de remettre un mot à Piétia. Le mot était court : « Attention ». Il est vrai qu'elle avait écrit : *"Atantion"*. Mais seulement parce qu'elle était très émue : et si l'oie refusait de le prendre ? Or l'oie le prit. Aurait-elle su lire, que le mot se serait retrouvé sans doute entre les mains du Grand Envieux, et vite ! Mais elle ne savait pas lire. Elle n'avait pas la moindre idée des désagréments que ce mot allait lui apporter.

Comme par un fait exprès, le vent du nord en provenance du Grand Nord arriva justement ce jour-là ! Grelottant, la moustache chargée de glaçons, il se mit au travail en gonflant les joues. Ils arrachait les toits, cassait les arbres et sifflait dans les cheminées. Il emporta en un instant le duvet de peuplier là où ne poussent même pas les peupliers. L'oie, qui s'était déguisée avec un pantalon, des bretelles neuves et un nœud papillon noir autour du cou, entra sans se faire remarquer chez le savantissime-jardinier.

Ils étaient tous à la maison. Le pharmacien-guérisseur, le savantissime-jardinier et Piétia, prenaient le thé sous la véranda ouverte ; la jument aux lunettes se promenait tout autour en broutant de l'herbe qui lui semblait douce comme du sucre.

« Bonjour ! dit l'oie poliment. C'est bien agréable de boire du thé.

— Bonjour ! Veuillez vous joindre à nous !

— Merci, mais je ne peux pas. J'ai à faire. »

Et l'oie raconta au pharmacien-guérisseur l'histoire de la femme de l'astronome qui lui avait tapé dans l'œil. Elle s'embrouilla un peu et appela la Grande Ourse, Ga-ga, tout simplement. Mais le pharmacien-guérisseur la comprit tout de même.

« Qu'il vienne, dit-il. Bien sûr, un astronome a besoin de ses yeux. Presque autant que le pharmacien de son nez. »

Il n'avait encore jamais refusé de voir un malade.

« Je vous remercie », dit l'oie en faisant la révérence et en tapant des pattes dans son pantalon.

Mais elle se souvint alors du mot que Lora l'avait chargée de remettre à Piétia.

« Excusez-moi, dit-elle. Je voudrais parler au petit garçon. J'ai une communication pour lui. Une affaire privée, pour ainsi dire, ga-ga. »

Piétia sauta de la véranda et ils s'éloignèrent.

« Donne ! » dit-il.

L'oie sortit le mot de dessous son aile. Et voilà qu'arrivèrent les désagréments auxquels l'oie aurait absolument dû penser, si seulement elle avait été un peu plus intelligente !

Piétia lut le mot et la saisit à la gorge en grommelant : « Ah ah !... Je comprends ! »

« Trahison ! cria-t-il au pharmacien-guérisseur. Le Grand Envieux nous a envoyé cet espion. Il faut

se sauver ! Faites les bagages, et j'attelle la jument ! »

Pendant ce temps Tania se faisait à l'idée d'être une pie. Elle parlait mieux en langage pie, maintenant, qu'en langage humain. Elle oubliait tout à coup comment dire chien, vache, herbe. Il serait exagéré de dire qu'elle était extrêmement fière de sa double queue, cependant elle la regardait avec un certain plaisir, l'étalant au soleil pour que chaque plume prenne un reflet doré.

Elle habitait chez la corneille blanche, une dame sympathique qui avait été une belle femme, il n'y a pas si longtemps, mais qui avait malheureusement pris beaucoup d'embonpoint. Ceci dit, en tant que corneille, elle avait un maintien plein de dignité.

Au début, Tania trouvait que toutes les pies se ressemblaient, et la corneille blanche lui conseilla d'apprendre d'abord à se distinguer des autres.

« Quand tu auras appris, disait-elle doctement, ce ne sera plus difficile de distinguer les autres de toi. »

Effectivement, il s'avéra que ce n'était pas difficile. Les unes aimaient se parfumer à la sève de chêne, d'autres, à la sève de bouleau ; les unes se fardaient les cils à la poussière très ordinaire délayée à l'eau, les autres, à la poussière de papillon. En revanche, elles jacassaient toutes sans exception.

« Et vous savez que... »

C'est ainsi que commençaient toutes les conversations, puis suivait une nouvelle quelconque. Les pies ne pouvaient pas vivre sans nouvelles.

« Et vous savez que, dans le bois voisin, personne ne porte plus de plumes étroites ?

— Que me dites-vous là ?

— Ce que vous avez entendu. »

Ou encore :

« Etes-vous au courant de l'arrivée d'une pie bleue espagnole, sur le pré des Brumes ? Son plumage est une vraie merveille !

— Que me dites-vous là ?

— Ce que vous avez entendu. Elle bat des ailes exactement comme nous, mais au lieu d'entendre : Flop ! on entend : Klikikliouk ! Etourdissant ! Un rêve ! Un rêve ! »

Le professeur Pénotchkine assure que les pies se nourrissent de gruyère frais, et pas seulement de vers de terre comme le soutient le professeur Mamliouguine. Mais le même professeur Pénotchkine émet l'idée (très prudemment d'ailleurs) que les pies assaisonnent le gruyère avec des potins et des nouvelles.

« Si ce n'était pas le cas, écrit-il dans son ouvrage intitulé *Pie comme Pie*, elles ne jacasseraient probablement pas. Il faut bien jacasser à propos de quelque chose, n'est-ce pas ? »

Voilà qui était convaincant, et Tania, après avoir passé quelques jours au milieu des pies, dut se ranger à son avis. La jeune pie dont elle avait fait la connaissance dans le jardin des Bouleaux, était presque morte d'ennui parce qu'elle couvait et ne pouvait pas quitter son nid pour apprendre la moindre nouvelle. Il fallut appeler SOS-médecin-des-pies, et elle ne revint à elle que lorsque l'infirmière lui eut chuchoté en secret que sa voisine s'était évanouie en constatant qu'elle avait couvé un œuf de coucou.

C'est pourquoi la corneille blanche promit à

Tania de retrouver le pharmacien-guérisseur.

« Un homme qui se promène en calotte verte doit sans aucun doute susciter les ragots et les cancans. Et si de plus, il est célibataire...

– Il est vieux. Il sera à la retraite dans six mois.

– Et alors ? Raison de plus ! »

Et, en effet, il ne s'était pas passé trois jours que les pies apportèrent une nouvelle intéressante : un lapin ordinaire qui se distinguait des autres lapins encore plus ordinaires parce qu'il ne pouvait pas dire à une jeune lapine : « Voulez-vous être ma femme ? » s'était tout à coup montré audacieux, avait dit la phrase jusqu'au bout et s'était marié. Qui donc l'avait guéri de sa timidité ? Un petit homme au long nez qui ne portait pas de calotte, mais un chapeau.

« Et alors ? dit joyeusement Tania. Il a échangé sa calotte contre un chapeau de voyage. »

Elle vola aussitôt chez le lapin qui avait été timide, et il vint à sa rencontre avec sa femme et ses enfants (il en avait déjà trois).

« La timidité, ce n'est rien d'autre qu'une absence d'éducation, dit-il. J'espère que ma femme et moi saurons inculquer ce principe à nos enfants. Oui, le pharmacien-guérisseur m'a demandé comment aller chez le savantissime-jardinier. Je lui ai montré le chemin bien que je fusse encore très timide à l'époque. Comptez-vous vous y rendre par les airs ou par la terre ? Mieux vaut par les airs, c'est plus court et plus facile à trouver. Un toit de tuiles.

— Merci, au revoir !

— Bonne route ! Les enfants, que faut-il dire ?

— Bonne route ! » dirent en chœur les lapereaux.

13

Le pharmacien-guérisseur, Piétia et la vieille jument se rendent à Mouches, suivis, aussi étrange que cela puisse paraître, par la pharmacie des Ballons bleus

Cependant, à la pharmacie, tout le monde se préparait au grand départ. En faisant ses adieux, le savantissime-jardinier avait décoré de roses la vieille jument, et maintenant, elle se tenait là, comme une bête en pain d'épice qu'on aurait aimé croquer, tant elle était belle à croquer. Le pharmacien-guérisseur avait aussi piqué une rose à son chapeau. Une rose d'un jaune pâle, une rose thé, appelée ainsi parce qu'elle avait été rapportée de Chine. Et le thé de Chine, c'est bien connu, est tellement bon, qu'on le boit sans sucre, les Chinois, en tout cas. Piétia, qui, comme tous les garçons, méprisait les fleurs, avait quand même décoré le tonneau avec du lierre bleu et avait épinglé à sa veste quelques brins de myosotis. En un mot, l'équipage croulait sous les fleurs, et tout aurait été parfait si les passagers, ou ne serait-ce que la vieille jument, avaient su où ils allaient.

L'oie-traîtresse, qu'ils avaient prise avec eux, demanda même à Piétia :

« Dites-moi, s'il vous plaît, où avez-vous l'intention d'aller ? »

Elle était devenue très polie depuis que le gamin lui avait presque tordu le cou. Mais hélas ! — et bien que Piétia lui ait répondu brièvement : « Où il se doit ! » — personne ne pouvait répondre à cette question.

« Tout droit ou à droite ? » demanda la jument quand ils furent arrivés au croisement où, la tête basse, s'ennuyait un long poteau indicateur blanc "*Mouches, 600 mètres*", était-il écrit sur la flèche pointant vers le nord, "*Sans-Mouches, 600 mètres aussi*" était-il écrit sur une autre flèche qui pointait vers l'est.

« Hue pour Sans-Mouches ! » s'écria Piétia.

Le pharmacien-guérisseur le regarda sévèrement et dit à la jument :

« Tout droit ! »

Il fallut s'arrêter dans un champ pour la nuit. Le pharmacien-guérisseur s'affala sur le talus, et Piétia se mit à examiner ses pots et ses flacons. Histoire de sentir, il en ouvrit un dans lequel quelque chose brillait. Hop ! des lapins de soleil se mirent à sauter hors de la bouteille, joyeux et colorés, avec de petites oreilles dressées de toutes les couleurs. Les uns filèrent dans le sombre ciel nocturne, d'autres coururent sur la route, d'autres encore, sautant et faisant des galipettes, allèrent se cacher dans l'herbe.

Le flacon portait l'inscription suivante : "*Lapins*

de soleil, contre la mauvaise humeur ou l'humeur médiocre. Laisser sortir un à un."

Voilà ! Un à un ! Et il en avait laissé sortir au moins quarante d'un seul coup ! Piétia reboucha vivement la bouteille, effrayé à l'idée d'être grondé.

Au matin, ils arrivèrent à la petite ville de Mouches et louèrent une chambre chez le joyeux-tailleur qui était assis, des journées entières, les jambes repliées sous lui, et qui cousait des vestons, des gilets et des pantalons. Le soir, pour se dégourdir les jambes, il faisait du patin à roulettes en été et du patin à glace en hiver. Il était le meilleur patineur sur roulettes de la ville de Mouches et, en patin à glace, il était presque le meilleur de tout le pays. Il traçait sur la glace, les noms des jeunes filles qu'il aurait aimé épouser, avec tellement d'adresse qu'il aurait même pu devenir champion s'il n'y avait pas eu le problème de la musique.

« Ne pourriez-vous pas me guérir de mon amour pour la musique? demanda-t-il au pharmacien-guérisseur. Le fait est que l'orchestre joue tous les soirs à la patinoire et que j'aime tellement la musique que j'oublie mes figures. Une fois, par exemple, j'étais tellement absorbé qu'au lieu de trois pirouettes et demie en l'air, je n'en ai fait que trois ! Ce n'est pas du travail ! »

C'était bien la première fois que le pharmacien-guérisseur rencontrait une aussi étonnante maladie. L'amour de l'argent ou l'avarice, il soignait. L'amour pour les boissons alcoolisées, aussi. Mais l'amour pour la musique... Il promit d'y réfléchir.

En général, s'il n'y avait pas eu l'oie qui avait tout

le temps peur d'être mangée, tout aurait été parfait à Mouches. L'oie commençait à gémir dès le matin :

« Vous allez me manger ?

— Mais non, lui répondait-on. Mais uniquement parce que ta chair d'oie est mauvaise. Elle est vieille. Autrement, nous t'aurions mangée parce que tu es une traîtresse.

— Et alors ? Voyez-moi ça ! Une traîtresse, vraiment ! Relâchez-moi, on m'attend à la maison.

— Tu ne peux pas aller à la maison.

— Pourquoi ?

— Parce que tu vas dire au Grand Envieux que nous sommes à Mouches. Et il nous fera un de ces cirques ! Il ne restera plus qu'à se cramponner ! »

L'oie se calmait mais recommençait le lendemain matin :

« Est-ce que vous allez me manger ? »

En général, tout aurait été parfait si la pharmacie ne s'était pas ennuyée de son pharmacien.

Les flacons s'ennuyaient, les grands, les petits et les minuscules, ceux qui contenaient à peine une larme. Les ballons bleus s'ennuyaient, eux qui avaient écouté pendant des années les bougonnements de leur maître, ce maître qui leur parlait comme à des personnes vivantes. Les poudres avaient séché et jauni. Les mixtures s'étaient couvertes de moisissures. Et, bien que de nombreux docteurs affirment aujourd'hui que les moisissures sont aussi des médicaments, personne n'a encore essayé de s'en servir pour guérir la paresse ou l'envie !

La seule personne qui passa à la pharmacie fut le

tailleur de Mouches, et seulement pour une minute car il avait à faire en ville et il était pressé. Le pharmacien-guérisseur lui avait donné les clés pour qu'il cherche le médicament contre l'amour de la musique qui empêchait le tailleur de devenir champion.

Mais ceux qui s'ennuyaient le plus étaient sans conteste les écureuils. Remuant avec anxiété leurs queues touffues, ils dressaient sans cesse l'oreille. La porte n'allait-elle pas grincer et leur maître, entrer ?

Ce sont eux, justement, qui commencèrent le

voyage aérien, unique dans les annales des pharmacies et des pharmaciens. Pliant leurs pattes de derrière, ils sautèrent dans la petite pièce au fond de la pharmacie et, de là, par le vasistas ouvert, celui par lequel s'était envolée la pie.

On ne sait toujours pas comment ils devinèrent que le pharmacien-guérisseur se cachait à Mouches, mais on peut supposer qu'ils l'apprirent par le tailleur. Quoi qu'il en soit, les écureuils sautèrent et s'envolèrent, car ils savent parfaitement bien voler. A leur suite, on vit se précipiter vers le pharmacien les poudres, les tablettes, les mixtures, les herbes, les pilules, les petites boîtes, les flacons et, parmi ceux-ci, naturellement, celui sur lequel était écrit "*Eau vive*". Et enfin, sans se presser et les derniers, les ballons bleus s'élevèrent dans les airs, celui de gauche sur lequel était écrit "*Bienvenue*" et celui de droite sur lequel était écrit "*dans notre pharmacie*".

Tout cela se produisit très rapidement. Le tailleur n'eut pas le temps de dire ouf ! que son atelier se transformait en pharmacie : les poudres, qui s'étaient un peu mélangées en chemin, s'installèrent en bon ordre, les mixtures et les potions s'alignèrent en rangées. Bien que l'atelier fût assez petit, il y avait bien plus de place sur la longue table du tailleur que sur les étagères tournantes de la pharmacie. Les ballons bleus, par habitude, s'installèrent confortablement aux fenêtres. Le morceau de carton suspendu entre eux deux avait aussi déménagé à Mouches, mais Piétia en avait modifié ainsi l'inscription : "*Croyez-le si vous le voulez, ou ne le croyez pas, la pharmacie est ouverte*".

14

Tania retrouve le pharmacien-guérisseur et le deuxième flacon sur lequel est écrit "Eau vive"

Il était difficile de croire que le petit vieillard maigrichon, qui arrosait les cannas à l'aide d'un arrosoir rouillé, était le savantissime-jardinier au sujet duquel on écrivait qu'il s'occupait merveilleusement bien des fleurs, des plantes et de quelques insectes bienfaisants. Mais il était sans conteste beaucoup moins bienveillant envers les pies car, à peine Tania s'était-elle montrée sur le chemin, qu'il leva les épaules et se figea dans l'attitude d'un épouvantail, ayant apparemment oublié que l'épouvantail est censé représenter un être humain.

« Excusez-moi, commença timidement Tania. Je ne toucherai pas à vos fleurs et je n'ai gobé qu'un seul ver de terre et encore, à moitié mort. Je cherche le pharmacien-guérisseur. On m'a dit qu'il était chez vous.

— Ah, mon Dieu ! Ne me parlez pas de lui, dit le savantissime-jardinier, avec un soupir. Vous connaissez ce sentiment ? Un être s'en va et vous découvrez tout à coup que vous ne pouvez absolument pas vous passer de lui. Et si ce n'était que moi ! Mes fleurs s'ennuient tellement de lui, que je suis obligé de les arroser trois fois par jour. Elles se dessèchent !

— Où est-il donc ?

— Je ne sais pas. Il était très pressé. J'ai peur pour lui, dit le savantissime-jardinier. Il me semble qu'il avait tout simplement quelqu'un à ses trousses. »

Que pouvait dire la pauvre Tania ? Elle remercia et s'envola.

Et elle n'aurait pas retrouvé le pharmacien-guérisseur, si elle n'avait pas rencontré dans un champ, près de Mouches, des lapins de soleil que Piéta avait laissés échapper de la bouteille. Ils sautaient, glissaient dans l'herbe, jouaient à cache-cache. Ils étaient tout étourdis à force de jouer ! Car c'étaient de petits lapins, pas de grand lapins.

« Dites-moi, s'il vous plaît, n'avez-vous pas vu une jument avec des lunettes ? leur demanda Tania.

— Bien sûr que oui ! répondit le petit lapin le plus malin, celui qui avait les plus longues oreilles roses. Nous étions assis dans une bouteille, la bouteille était dans un sac, et le sac pendant à l'épaule du pharmacien-guérisseur. Le pharmacien-guérisseur était assis sur la banquette, derrière le tonneau d'eau que traînait la jument à lunettes. Nous allions vers Mouches. Et nous serions arrivés si Piétia ne nous avait pas laissés sortir de la bouteille. »

Les pies, comme chacun sait, volent lentement et préfèrent même marcher plutôt que voler. Mais

Tania vola vers Mouches comme une hirondelle, et il n'y a que les martinets qui soient plus rapides que les hirondelles. Et voilà Mouches ! Voilà aussi la pharmacie des Ballons bleus ! Et voilà le pharmacien-guérisseur ! Elle se posa sur son épaule et dit :

« Bon... »

La respiration lui manqua pour ajouter : « ... jour ! »

Le père de Tania ne s'inquiétait pas au sujet de sa fille. Il était persuadé qu'elle était partie en expédition avec ses camarades du camp de pionniers. C'est ce que la mère de Tania lui avait dit. Bizarre seulement qu'elle ne soit pas venue lui dire au revoir ! Mais maman lui avait dit que Tania n'avait pas voulu le réveiller, ce qui n'était pas bizarre du tout.

Il devait bientôt mourir, en tout cas c'est ce que les médecins disaient quand ils croyaient qu'il ne les entendait pas. Mais lui, il avait toujours une intuition : et si, après tout, il n'allait pas mourir ?

« Bon, on verra bien », se disait-il, et il continuait à peindre.

Il faisait le portrait de maman, et tous ses amis disaient en chœur que ce portrait racontait toute la vie de maman. Chaque ride disait une chose, et bien qu'il y en eût déjà pas mal, l'artiste trouvait qu'il en manquait encore deux ou trois.

« Il en faudrait encore une petite par ici, disait-il en riant. Et là. Mais, qu'à cela ne tienne, je me passerai de la troisième. »

Voilà qu'un jour, quand elle vint lui dire bonjour, il remarqua que la petite ride qui lui manquait pour terminer le tableau était apparue sur son visage.

« Voilà, maintenant, tout est à sa place », dit-il, et il se mit aussitôt au travail.

Il savait que la nouvelle ride était apparue parce que maman s'inquiétait pour Tania qui ne donnait pas signe de vie.

Pour terminer le *Portrait de la femme de l'artiste*, (c'était ainsi que s'appellerait le tableau), il fallait encore quelques jours. Et ces quelques jours, justement, se révélèrent particulièrement difficiles à vivre. Le peintre faisait des efforts, et quand on fait beaucoup d'efforts, même ce qui paraît absolument impossible devient possible. Il travaillait, et quand on travaille on n'a pas le temps de mourir parce que pour mourir aussi, il faut du temps.

« Oui, cette ride te va diablement bien », dit-il avec lassitude à sa femme, quand le pinceau finit par lui tomber des mains. « Tu n'as jamais été aussi belle. »

Son exposition devait s'ouvrit le 1er mai et il ne cessait de disposer ses tableaux sur les murs en pensée. Désormais, il cessa de le faire.

« Je vous conjure d'arrêter de toucher à la verrue que vous avez sur votre gros nez, dit-il au docteur Miatchik. Elle en aura marre à la fin et elle se sauvera ; et sans verrue, pas un seul patient ne vous reconnaîtra, je vous préviens ! »

Il trouvait encore la force de plaisanter !

« Peut être que le *Portrait de la femme de l'artiste* va s'appeler *Portrait de sa veuve* », dit-il à ses amis.

Cela aussi, c'était une plaisanterie. Mais, d'heure en heure, il se sentait plus mal.

« Je me sentirais peut-être mieux si je mangeais des airelles ? disait-il à sa femme. Ou des mûres ? Et si l'on essayait de la gelée de myrtilles ? » demanda-t-il, quand les airelles et les mûres n'eurent pas fait d'effet.

Il avait tellement d'élèves et d'amis que, lorsque la Mort entra dans la chambre, elle dut se frayer un passage à travers la foule pour arriver jusqu'au lit.

« Excusez-moi, disait-elle poliment, je ne vous ai pas bousculé ? Seriez-vous assez aimable pour vous écarter ? Merci beaucoup. »

Les amis s'écartaient à contrecœur, et elle arriva en retard, de quelques minutes seulement. Mais cela suffit : un oiseau noir et blanc, à la longue queue fendue, apparut derrière la fenêtre et, par le vasistas ouvert, on vit voler un flacon sur lequel était écrit : "*Eau vive*".

« Ah, enfin ! dit le docteur Miatchik. Allons, donnez-moi une cuillère à soupe. »

La Mort se frayait un passage, mais avec moins de conviction, déjà.

« Désolée, disait-elle d'une voix qui faiblissait. Ecartez-vous, messieurs. Que se passe-t-il, à la fin ?

— Je crains que vous n'arriviez trop tard, Madame, lui dit le docteur. Si je ne me trompe, vous n'avez rien à faire ici. »

C'était la vérité.

Le père de Tania but la cuillère d'eau vive, et la Mort s'arrêta à deux pas du lit. Il en but une seconde, et elle recula. Il en but une troisième, et la Mort sortit de la chambre. D'un air très digne, elle descendit l'escalier, comme il convient à une personne respectable qui sait qu'elle finit toujours par avoir ce qui lui revient, même s'il faut attendre un jour ou un an.

15

Les pies rendent les bijoux et le Grand Envieux enfile des bottes de sept lieues

Tania retourna au Likhobor, que pouvait-elle faire d'autre ? De jour en jour, elle s'habituait un peu plus à l'idée qu'elle n'était pas une petite fille, mais une pie. En réalité, les pies lui avaient plu. « Ce sont des personnes, je veux dire, des oiseaux sympathiques, pensait-elle. Pas très intelligents, il est vrai, mais confiants, et c'est déjà quelque chose. »

Un seul reproche à leur faire : elles volaient tout ce qui leur tombait sous les yeux. Enfin, pas exactement tout, seulement ce qui brillait. Presque tous les nids étaient tapissés d'anneaux d'or ou d'argent, de verroteries de couleur avec lesquelles les petites filles jouent à l'école, de broches, de boucles d'oreilles et de boutons de manchettes. C'était gênant. Même la corneille blanche, qui s'enorgueillissait d'être une corneille, revenait de temps en temps à la maison avec une jolie babiole étincelante. Tania ne pouvait pas comprendre comment une femme aussi vénérable, respectée de tous, pouvait recevoir ses amis sur un tas de boucles d'oreilles volées.

« Chaklirak », lui dit une fois Tania.

Ce qui signifiait : « Excusez-moi, ma tante, mais je ne comprends pas... Est-ce que c'est vraiment tellement agréable de voler ? »

La corneille blanche haussa les épaules d'un air désapprobateur.

« C'est l'ancienne petite fille honnête qui parle encore en toi, bougonna-t-elle. Non, ma belle, il faut voler. Autrement, tu ne serais pas une pie voleuse ! »

Oui, c'était un argument, incontestablement. Cependant, quand en volant, Tania passait devant des objets qui brillaient, elle fermait bien fort les yeux. Il n'y avait que le soleil qu'elle ne craignait pas de regarder.

« C'est impossible de voler le soleil, pensait-elle, même si on en a très envie. »

Et elle se souvint de l'histoire d'une jeune pie qui avait décidé de voler — pas le soleil, bien sûr — mais une ravissante petite étoile qui la fascinait depuis son enfance. Ses parents avaient essayé de la convaincre de renoncer à cette entreprise hasardeuse.

« Tout le monde sait que le diable a essayé de voler la lune, lui disaient-ils sagement, et qu'il n'y a pas réussi. Pense un peu ! Un vrai diable, avec une queue et des cornes !

— Moi, je n'ai qu'une queue », répondait la pie avec insouciance.

Mais sa queue ne lui fut d'aucun secours quand elle partit en expédition. Elle vola jour et nuit, mais l'étoile était toujours aussi loin. Lorsque enfin, elle décida de revenir, elle rencontra un gerfaut qui la mangea sans doute, car elle ne revint jamais plus.

Oui, c'était une triste histoire qui prouvait, bien à propos, qu'il était dangereux de voler. Malheureusement, les pies ne tirèrent pas de leçon de cette histoire, bien qu'elle ait écrit un magnifique poème dédié à la petite pie qui avait voulu visiter une étoile.

Or, tout à coup, le bruit se répandit que les pies de Mouches avaient décidé de rendre les objets volés.

« Je ne le croirai jamais, dit la corneille blanche. Je croirais plus volontiers que les abeilles ont cessé de piquer. Le vol et les minauderies, les pies ont cela dans le sang. Encore, s'il s'agissait des perroquets ou des oiseaux de paradis... »

Mais la nouvelle fut confirmée, et l'amie de Tania, celle qui était presque morte d'ennui en couvant ses œufs et qui mourait maintenant de curiosité, décida de se rendre à Mouches... En revenant, elle raconta... Ce qu'elle raconta était stupéfiant. Elle avait vu de ses yeux une pie qui avait entendu de ses oreilles une autre pie qui racontait qu'elle avait vu de ses yeux une parente lointaine rendre un anneau d'argent à une certaine petite fille appelée Macha. Pourquoi ? C'était une question qui, ce jour là, plongea dans des abîmes de réflexion toutes les pies du Likhobor. La réponse fut surprenante : simplement parce que cette petite fille pleurait et que la pie l'avait prise en pitié.

Bien sûr, cette réponse avait été inventée par Tania. De plus, c'était elle encore qui avait glissé à l'oreille de la première commère venue que toutes les

pies de la ville de Mouches avaient décidé de rendre les objets volés.

« Comment ? Vous n'avez pas encore rendu ses dents en or au dentiste du théâtre des Poupées ? demanda-t-elle. Ma chère, vous êtes démodée ! »

La mode ! Avec la rapidité de l'éclair, le mot fit le tour de tous les nids de pie ! Qui pouvait souhaiter être démodée ? Toutes sortes de ragots commencèrent à circuler aussitôt. Les pies ne pouvaient pas vivre sans ragots.

« On dit que la noire Margot elle-même a rendu à la femme de feu le conseiller aux affaires d'Etat Doubonoss, la broche en diamants qu'elle lui avait volée en 1929.

— Savez-vous qu'on a retrouvé l'émeraude de la couronne de l'impératrice japonaise Khikhadzoukhima dans le nid abandonné de la pie sauvage ? »

Les boucles d'oreille, les bracelets, la verroterie de couleur, les boutons de cuivre de vieux uniformes militaires, les pièces de monnaie, les boutons de manchettes, les yeux de poupée retournèrent chez leurs propriétaires, et quelquefois chez des étrangers. Cela, d'ailleurs, n'a pas d'importance. Si les gens s'en étaient passés pendant de si longues années, les pies pouvaient bien s'en passer aussi, n'est-il pas vrai ?

Voilà donc comment s'étaient produits les événements dont toute la ville s'était mise à parler. Voilà d'où sortait l'anneau en or que la secrétaire des Trois cents espaces verts avait perdu (ou croyait avoir perdu) vingt ans auparavant, le jour de ses noces. Voilà comment le directeur du magasin de peignoirs de bain trouva sur sa table ses lunettes en or qu'on lui avait volées alors qu'il n'était pas encore directeur du magasin de peignoirs de bain.

Ainsi, tout aurait été pour le mieux, si l'on n'avait pas annoncé aux dernières nouvelles que la pharmacie était rouverte.

« Une pharmacie s'est ouverte à Mouches, de façon inattendue », avait dit le speaker.

Et alors ? direz-vous. Pourquoi le pharmacien-guérisseur est-il tellement contrarié ?

Il est contrarié parce que tout le monde écoute les nouvelles du soir, et que le speaker a dit qu'il y a tout ce qu'il faut à la pharmacie, même des ballons bleus. Et s'il y a des ballons bleus, le Grand Envieux ne peut manquer de deviner (s'il ne l'a déjà fait) où chercher le pharmacien-guérisseur, Piétia et la vieille jument. Et s'il l'a deviné...

Les avions ne vont pas à Mouches et il fallait faire vite. C'est pourquoi le Grand Envieux sortit les bottes de sept lieues de son débarras. Elles traînaient là depuis de nombreuses années avec d'autres vieilleries, mais leur mécanisme fonctionnait, il suffisait de le graisser. Le seul ennui était que Lora ne voulait pas le lâcher.

« Je sais tout, je sais tout ! criait-elle. Tu crois que je n'ai pas entendu ce que t'a dit l'oie ?

— Elle a dit : ga-ga ! lui répondait en criant le Grand Envieux. Je te jure qu'elle n'a rien dit d'autre.

— Non, pas ga-ga ! Elle a dit qu'elle avait vu ta ceinture sur Piétia !

— Et alors ? Quelle affaire ! Bon, elle l'a vue !

— Non pas, et alors ! Hou, hou, hou... tu vas le manger. Je sais que tu vas le transformer en quelque chose d'horrible et le manger !

— Absolument pas, je n'y pense même pas. En voilà une idée ! Calme-toi, je t'en supplie.

— Je ne me calmerai pas. »

Et elle ne se calmait vraiment pas, si bien qu'il fallut l'emmener, au grand désespoir de son père. Ce n'était pas raisonnable, en particulier parce qu'ils ne trouvèrent pour Lora que des sabots de sept lieues qui tombaient tout le temps de ses petits pieds maladroits.

Ils tombèrent d'abord dans l'escalier, le sabot gauche au septième étage et le sabot droit au troisième, si bien que le Grand Envieux dut embrayer la marche arrière de ses bottes.

Ensuite, elle perdit le sabot droit seulement. Cela arriva tandis que Lora enjambait la rivière et son pied gauche était sur une berge tandis que le droit restait sur l'autre.

« Nous allons être en retard, ils vont se sauver ! criait le Grand Envieux avec désespoir. Je ne le mangerai pas, je t'en donne ma parole d'honneur ! Reste là, je t'en prie !

— En aucun cas !

— Faisons un marché, veux-tu ? Je lui demanderai poliment la ceinture et c'est seulement s'il ne la rend pas...

— Hou, hou, hou... ! »

Lora se mit à pleurer si fort qu'il fallut aller chercher le sabot et le lui attacher avec un vieux lacet de bottine.

Cependant, ils auraient pu ne pas se presser, parce que ni le pharmacien-guérisseur, ni Piétia, et la vieille jument encore moins, n'avaient l'intention de s'enfuir. Il est vrai que lorsque le speaker eut dit : « et même des ballons bleus ! », le pharmacien-guérisseur s'était saisi la tête à deux mains et avait crié à Piétia : « Attelle ! » Puis il s'était mis à ranger les pots et les flacons.

Mais lorsque, l'air préoccupé, il sortit dans la cour, avec son long manteau vert, sa musette au côté et sur la tête, son chapeau d'où dépassait son long nez soucieux, il vit que Piétia venait d'enlever sa ceinture pour attacher le mors et remplacer une bride qui avait lâché.

« D'où sors-tu cette ceinture ? hurla d'une voix aiguë le pharmacien-guérisseur.

— Ho... O... O ! Eh bien quoi ?

— Je te demande, où ?

— Voyez-vous, grand-père, c'est que... dit Piétia avec embarras. Je l'ai prise... là-bas, vous savez... n° 3, rue de la Chèvre. »

Le pharmacien-guérisseur prit la ceinture d'une main tremblante et se mit à rire.

« Et tu te taisais, stupide gamin ? Tu portais cette ceinture et tu te taisais ?

— Voyez-vous, grand-père, elle traînait... c'est-à-dire qu'elle pendait au chevet du lit. Bon, j'ai cru...

— Tais-toi ! Maintenant, il est à notre merci ! »

« Maintenant, ils sont à ma merci ! » pensait le Grand Envieux en étirant les lèvres en forme de long sifflet effrayant.

Il ne restait qu'un demi-kilomètre jusqu'à

Mouches et il enleva ses bottes pour ne pas enjamber la ville.

Sombre, rentrant sa petite tête noire dans les épaules, il fit son apparition devant la pharmacie des Ballons bleus, et bien qu'il fût légèrement comique, pieds nus, avec ses bottes de sept lieues attachées par la languette et suspendues derrière son dos, il était menaçant. Si bien que tous sourirent et tremblèrent simultanément en le voyant apparaître.

Il apparut sans crier gare. Mais le pharmacien-guérisseur avait eu le temps d'élaborer un plan judicieux : il fallait fermer toutes les fenêtres, se taire et, au moment où on verrait approcher le Grand Envieux, sortir une pancarte sur laquelle était écrit : "*Nous allons parfaitement bien*". Et une deuxième pancarte : "*Nous dormons parfaitement bien*", quand il allait s'approcher encore un peu. Et une troisième : "*Zabotkine triomphe*", quand il allait être tout près et puis, quand il serait encore plus près, se mettre à crier les uns après les autres que tout allait très bien, mais que lui n'allait pas bien du tout.

Le plan réussit dans son ensemble, mais pas d'un seul coup, parce que le Grand Envieux fit d'abord semblant d'être très gentil, comme il le faisait toujours dans les situations périlleuses.

« Je ne manque pas de pharmaciens, dit-il comme en se parlant à lui-même, mais assez fort pour qu'on l'entende dans la maison. Ils se sont sauvés, grand bien leur fasse ! Que le pharmacien se repose, il sait bien que j'ai l'exclusivité des miracles jusqu'au 1er juillet. »

Piétia sortit à la fenêtre la première pancarte.

« Et alors ? J'en suis ravi, dit le Grand Envieux, chez moi aussi, tout va très bien. »

Piétia sortit la deuxième pancarte : "*Nous dormons parfaitement bien*". Le Grand Envieux pâlit légèrement. Tout le monde sait que ceux qui dorment bien ont la conscience tranquille, ce qui en tout cas, est une chose qu'on peut envier.

Il ferma les yeux pour ne pas lire la troisième pancarte mais les entrouvrit quand même par curiosité et porta la main à son cœur.

« Ah, bon ? Zabotkine triomphe ? demanda-t-il en souriant gaiement. Qu'est-ce que cela peut bien me faire ? Au fait, j'aimerais bavarder avec toi, pharmacien-guérisseur. Comment vas-tu ? Comment vont les affaires ?

— Un triomphe ! s'écria le pharmacien-guérisseur après avoir pris son souffle. Il faut lire les journaux ! Il a reçu la Grande Médaille d'or pour le *Portrait de la femme de l'artiste*. Les gens regarderont encore ce tableau dans mille ans. Au fait, il ne pense plus à mourir.

— Ah bon ?

— Oui. Il s'est baigné hier. Il plonge comme un poisson ! Vous l'enviez, hein ? »

Le Grand Envieux eut un petit rire gêné.

« Pas le moins du monde.

— Il y a beaucoup de gens heureux ! cria le tailleur. Moi, par exemple, je suis amoureux et je me marie ces jours-ci ! Vous m'enviez, hein ? »

Tous se mirent à crier à qui mieux mieux que tout allait bien et que tout allait de mieux en mieux. Et comme il était Celui-qui-ne-souhaite-aucun-bien-à-personne et qu'il enviait tous ceux qui étaient contents de leur sort, l'envie qui remplissait son cœur déborda avec tellement de force qu'il en sentit même le goût amer dans la bouche.

« Papa, rentrons à la maison », chuchota Lora après l'avoir regardé.

Maintenant ils criaient tous, et même l'oie qui était passée du côté du pharmacien, à tout hasard.

« Personne n'a besoin de tes miracles ! Nous avons les nôtres, bien plus beaux !

— Tout est pour le mieux !

— Tu as entendu parler des spoutniks ? On en lance un quatrième sur Mars ces jours-ci ! Cela te fais envie ? Tu grossis, vilain !

— Attends un peu, tu vas en entendre d'autres ! »

Il avait vraiment grossi. Son veston craquait déjà par toutes les coutures, les boutons de son gilet avaient sauté. Un gros bonhomme perché sur des jambes maigres, sa petite tête rentrée dans les épaules, se tenait au milieu de la cour.

« Oh ! gémit-il. Ma ceinture ! Rendez-moi ma ceinture !

— Tu n'as qu'à mettre des bretelles ! s'écria l'oie. C'est une vraie marotte, cette ceinture ! »

Le pharmacien-guérisseur se mit à rire.

« J'ai découpé ta ceinture en petits morceaux, dit-il. Avec de grands ciseaux de tailleur !

— Je ne te crois pas ! »

Il voulait les anéantir du regard, mais les forces lui manquaient. Seule la porte à laquelle il jeta un coup d'œil menaçant sortit avec fracas de ses gonds.

« Ce n'est pas possible, murmura-t-il. Ce n'est pas

possible, ce n'est pas vrai ! Il n'y a pas de gens heureux ! Tout va mal, tout va aller de mal en pis ! Le tailleur va se marier et sera malheureux ! Le spoutnik n'arrivera pas sur Mars ! La jument restera jument ! Le gamin deviendra un vaurien. Zabotkine va mourir ! Je ne vais pas crever. Ah !... »

Ne pensez pas qu'il se soit fêlé comme un verre dans lequel on verse de l'eau trop chaude. Il se mit plutôt à ressembler à un ballon dégonflé. Son visage se couvrit de rides, s'assombrit. Ses lèvres s'étirèrent en forme de sifflet, pas effrayant du tout, mais pitoyable et soumis.

Lora l'emmena parce qu'elle était une bonne fille et qu'un père, même s'il a crevé d'envie, c'est quand même un père.

Ensuite, tout se passa comme l'avait prédit le pharmacien-guérisseur. La bonne-vieille-jument se transforma aussitôt en petite fille sympathique, avec une queue de cheval sur la tête, il est vrai. Ce qui tombait plutôt bien car elle s'aperçut que beaucoup de ses petites camarades portaient une queue de cheval toute semblable. Tania... Mais il faut raconter avec un peu plus de détails ce qui arriva à Tania.

Depuis plusieurs jours, déjà, les pies du Likhobor se préparaient à l'événement qui les faisait jacasser (et elles n'étaient pas les seules) à en perdre le souffle : pour la première fois depuis l'apparition des oiseaux sur la terre, une école pour les pies allait s'ouvrir. On avait décidé de commencer les leçons par le proverbe : « Tout ce qui brille, n'est pas or. » Six mois étaient prévus pour cette leçon. Evidemment, dans tous les nids, on nettoyait ses plumes, on cousait des toilettes. Maintenant que les pies avaient cessé de voler, il leur était plus difficile de se parer.

« Non, non, vous vous trompez. Le dos rose, les épaules blanches avec des paillettes bleues, et les pattes rouges.

— Rouges ! Vraiment pas ! Pour l'ouverture de l'école, il faut venir en tenue modeste. »

Oui, c'était un grand jour pour les pies du Likhobor. Mais surtout pour Tania, car elle avait été nommée, elle-même, en personne, directrice de l'école.

Sérieuse, timide, se tenant avec modestie mais avec dignité, elle vola jusqu'à la clairière, et les enfants qui jacassaient à qui mieux mieux se turent.

« Mes enfants... », commença Tania.

Mais elle n'eut pas le temps d'en dire plus : à cet instant même, en effet dans le village de Mouches, le Grand Envieux venait de crever de jalousie et tous ses sortilèges avaient, du même coup, perdu leur efficacité.

Devant les enfants et les parents pies agglutinés sur tous les buissons, apparut une petite fille, Tania Zabotkine, habillée et coiffée exactement comme la nuit où elle était partie pour la pharmacie des Ballons bleus.

Une heure plus tard, elle était déjà assise dans le train, et les pies l'accompagnaient. Il y en avait tellement qu'un amoureux de la nature témoin de la scène écrivit dans le journal un article à ce sujet. Il avait été particulièrement frappé par la ressemblance des mouvements de leurs ailes avec celles des avions : il ne savait pas qu'elles disaient ainsi adieu à Tania.

« Chakerak ! » leur cria Tania.

Cela signifiait : « Soyez heureuses ! »

« Chakerak margolf ! » répondirent les pies.

Ce qui voulait dire : « Au revoir, nous ne t'oublierons pas. »

Un mois passa, puis un autre. L'automne arriva. En automne, c'est bien connu, les enfants commencent à oublier ce qui s'est passé pendant l'été. Tania également. Piétia, qu'elle avait invité pour son anniversaire, avait lui aussi oublié, d'autant plus, que pour lui, le plus important c'était les livres. Ceux, également reliés, qui étaient posés sur les étagères du Grand Envieux, et beaucoup d'autres, encore plus intéressants, qu'il avait lus depuis. Il avait de nouveau grossi, mais ce n'était plus un poltron, comme avant. Il était un gros garçon courageux qui avait déjà beaucoup vécu, se disait-on en regardant son gros nez. Naturellement, Tania avait aussi invité Ninotchka, le pharmacien-guérisseur et la maladroite Lora qui maintenant avait appris à marcher comme une petite fille des neiges, enfin, qui ne marchait plus aussi lourdement qu'un ours.

Les enfants parlaient de leurs affaires et les grandes personnes, des leurs, et tout se passait comme s'il n'y avait jamais eu de conte de fées. Tout à coup, les petits lapins de soleil se mirent à courir dans la pièce, joyeux, de toutes les couleurs, avec de petites queues courtes et roses. Les uns se cachèrent parmi les verres sur la table, d'autres se mirent à courir le long du mur en sautant et en faisant des galippettes. L'un d'eux, le plus petit, s'assit sur le nez du pharmacien-guérisseur en pliant ses oreilles multicolores.

C'est Piétia qui avait ouvert la bouteille de lapins de soleil, par pure espièglerie naturellement, car tout le monde était d'excellente humeur. Mais peut-être les lapins de soleil n'étaient-ils pas sortis d'une bouteille? Peut-être quelqu'un transportait-il une glace dans la rue? Ou bien l'on avait ouvert les fenêtres dans la maison d'en face?

Comme ça ou autrement, tout se termina le mieux du monde. C'est le principal, n'est-ce pas? Surtout quand tout a mal commencé.

TABLE DES MATIÈRES

Collection Arc-en-Poche (suite)

Christianna Brand
CHÈRE MATHILDA
S'EN VA-T-EN-VILLE
Illustrations de Edward Ardizzone

Christianna Brand
CHÈRE MATHILDA
AUX BAINS DE MER
Illustrations de Edward Ardizzone

André Sereni
HISTOIRE DU LAPIN
QUI AVAIT PERDU SON SAC
Illustrations de Morgan

Catherine Storr
POLLY LA FUTÉE
ET CET IMBÉCILE
DE LOUP
Illustrations de Carlo Wieland

François Sautereau
LE ROI SANS ARMES
Illustrations de Patrice Douenat

Veniamine Kaverine
LA PHARMACIE
DES BALLONS BLEUS
Illustrations de Henriette Munière

Nicole Schneegans
JACASSÉ
Illustrations de Patrice Douenat

Imprimerie Berger-Levrault,
à Nancy. — 778977-6-83.
N° d'Éditeur : I 34310.
Dépôt légal : 2e trimestre 1983.
Imprimé en France.